行走的光芒
XINGZOU DE GUANGMANG

记基层好干部罗从兵

张守帅　王眉灵　著

四川教育出版社

XINGZOU DE GUANGMANG

图书在版编目（CIP）数据

行走的光芒：记基层好干部罗从兵 / 张守帅, 王眉灵著. — 成都：四川教育出版社, 2022.11

ISBN 978-7-5408-8378-2

Ⅰ.①行… Ⅱ.①张…②王… Ⅲ.①报告文学—中国—当代 Ⅳ.①I25

中国版本图书馆CIP数据核字(2022)第191218号

行走的光芒
记基层好干部罗从兵

张守帅　王眉灵　著

总 策 划	雷　华
特邀顾问	方小虎
策划编辑	卢亚兵　奉学勤
责任编辑	梁康伟　孟庆发　任　舸
内文供图	中共金川县委宣传部
	四川日报全媒体
装帧设计	何一兵
责任校对	李霞湘
责任印制	田东洋
出版发行	四川教育出版社
	地　　址　四川省成都市锦江区三色路266号新华之星A座
	邮政编码　610023
	网　　址　www.chuanjiaoshe.com
	电子邮箱　scjycbsyu@163.com
印　　刷	成都市金雅迪彩色印刷有限公司
制　　作	四川胜翔数码印务设计有限公司
版　　次	2022年11月第1版
印　　次	2022年11月第1次印刷
开　　本	787mm×1092mm　1/16
印　　张	16.75
字　　数	220千
书　　号	ISBN 978-7-5408-8378-2
定　　价	68.00元

如有内容方面的疑问，请与本社联系。总编室电话：（028）86365120

行走的光芒

记基层好干部罗从兵

张守帅 王眉灵 著

目录
CONTENTS

引　子　一座城送别一个人 …… 001

第一章　初心种在太阳河 …… 006

- 一　藏家的小儿子 …… 008
- 二　太阳河来了位护林员 …… 015
- 三　守好抱牢乡亲们的"金疙瘩" …… 023
- 四　致青春："逮猪三人组" …… 034
- 五　采挖虫草，剑拔弩张之际 …… 045
- 六　条条在理的小罗 …… 051
- 七　不期而至的爱情 …… 057
- 八　打赢脱贫攻坚战的号角催征 …… 065
- 九　系好精准扶贫第一粒扣子 …… 073
- 十　留下一个蒸蒸日上的太阳河 …… 080

CONTENTS

第二章 小康照进马尔邦 …… 090

- 一 砍亲戚花椒树的"恶人" …… 092
- 二 云上有村白纳溪 …… 100
- 三 高半山用水自由 …… 109
- 四 丢掉乌纱帽也要干 …… 115
- 五 镇政府驻地"争夺战" …… 125
- 六 从兵工作法 …… 134
- 七 南大门"守将" …… 145
- 八 "堵枪口"的那个人 …… 150
- 九 好人好官罗从兵 …… 160

第三章 庄严的承诺 …… 164

- 一 委以重任 …… 166
- 二 锅庄送别罗书记 …… 173
- 三 大刀阔斧的改革者 …… 177
- 四 刀刃向内的自我革命 …… 183

目录
CONTENTS

　　五　乡村振兴的急先锋 …… 188
　　六　共产党员一诺千金 …… 198
　　七　他的承诺和誓言 …… 204
　　八　逢山开路 …… 210
　　九　青山埋忠骨 …… 222

第四章　光照故乡 …… 230

　　一　一场远行 …… 232
　　二　一张遗照 …… 237
　　三　一双布鞋 …… 240
　　四　一生荣耀 …… 244

后　记 …… 250

引子
一座城送别一个人

2022年5月19日清晨，小雨淅淅沥沥，金川县城街头站满了人，却不见人撑伞。为人撑伞的那个人，走了。

人们早早来到街边，生怕错过送他最后一程。有家远的，动身更早，天色未明就从海拔两三千米的高半山，沿弯弯曲曲的山路、村道向下，越溪水、过索桥，再辗转国道一两个小时。

无论从北边的观音桥镇走，还是从最南面的马奈镇来，都要走国道248线。这里的大山一座连着一座，稍具规模的乡镇多在绵延百余千米的大金川河谷，能称得上坦途的就只有河谷里的那条国道。

开车的不说话，坐车的不吱声，任凭身旁的大金川河在晨雾里咆哮，心头的不安和悲伤就像河水，一浪高过一浪。

怎么会是真的，那么年轻的人呀！

街头黑底白字的挽幅和挂满泪珠的面孔，敲碎了心头的奢望，人们不得不接受一个残酷现实——他真的走了。

街头的人越来越多。灵车经过的地方，都站有自发赶来的乡亲。白发苍苍的孃孃（方言，指年长的阿姨），返乡创业的青年，按当地习俗念诵"默吱"（哀歌）的藏族乡亲……数千人为一个人送别，这座县城过去从未有过。

他是谁？为什么受到金川那么多百姓的追念？

他叫罗从兵，1982年7月出生，藏族，共产党员，生前系金川县交通运输局党组书记、局长。2022年5月16日，他在下乡迎检"四好农村路"项目建设工作中突发大面积心梗，经抢救无效因公殉职，倒在了40岁生日前夕。

那天早些时候，他拿给妻子100元钱，嘱托她买双合脚的布鞋，走路穿着舒服。布鞋买来，人却不在了。

他就像一头不知疲倦的黄牛，短暂的一生都行走在路上。20岁前，他努力求学，走出贫困的大山；20岁后，他回到生他养他的土地，蓄力奔跑起来改变大山的贫困面貌。

大山的儿子，如今走了。

伴随着改革开放成长起来的"80后"，不知不觉，已成为社会的中坚力量，不少已走上了基层一线领导岗位。

罗从兵成长在基层，奔波在基层，奉献在基层。

他喜欢说自己是一个年轻的"老革命"。21岁中专毕业后，他考录到位于金川县西北的太阳河乡（2019年底该乡并入观音桥镇）工作，一待就是12年多，从护林员一步步成长为乡长、乡党委书记。随后，罗从兵调任金川县马尔邦乡党委书记，在马尔邦乡与马奈乡合并为马奈镇后，又担任马奈镇党委书记。2021年7月，他调到金川县交通运输局工作。

寒来暑往18年，罗从兵在大山深处扎根了18年。他工作过的乡镇，面积大、人口少、条件差，在很多人眼里是苦寒之地，他工作起来却甘之如饴。

那句承诺，点燃他心中的熊熊烈火——全面实现小康，一个民族都不能少。这是党中央向历史、向人民做出的庄严承诺。中国共产党从来说话算数。

"民亦劳止，汔可小康。"小康，中华民族孜孜以求的千年梦想，多么令人心驰神往。同事们说，罗从兵每次讲到"在我们这一辈全面脱贫建成小康社会"时，眼中总是闪烁着炽热的光芒。

光芒驱散寒意，带来温暖。罗从兵就是行走的光芒。

这三个乡镇，有他没去过的家庭吗？没有；有他叫不出名字的群众吗？没有；有他没关心到位的工作吗？没有。有一年，县里调研"普九"工作开展情况，需要统计学生毕业去向，太阳河乡中心校的老师说，问罗从兵，他心里门儿清。

穷人家的孩子，比谁都了解贫困，比谁都渴望父老乡亲能摘下贫困的帽子。当他有能力在乡亲们前面成为那只带领脱贫奔小康的头雁，他必然振动双翅、挺身而出，义无反顾走在前列，正如他在交通运输局任职时讲过的那样，"再累再苦，死也要死在冲锋陷阵第一线"。

怀着赤诚之心，用好党的政策，他为群众办了一件件实事好事，想方设法解决了一个个棘手难题，帮助他们修房子、修路、修桥，发展产业，解决安全饮水、读书、看病、就业创业问题……这些工作琐碎平凡，但对所涉及的群众而言，则具体而意义重大。

"给人民作牛马的，人民永远记住他！"得知他去世的消息，听说他下葬的时间，乡亲们争相从各地赶来，送他们的好领导、好朋友、好兄弟最后一程。

人们叹息，金川倒下了一道山梁，党失去了一名好干部。

参天之木，必有其根；怀山之水，必有其源。是什么样的土壤，滋养了这位让人们深切怀念的大山之子？

我们多次来到金川采访，到他工作过的乡镇，走他走过的山路，蹚他蹚过的溪水，坐他坐过的草甸，访问曾与他一起战天斗地的同事、与他一起推进脱贫攻坚和乡村振兴伟大事业的乡亲，还有他的父母、妻子和兄弟姊妹。

也有与他产生过矛盾、存在过芥蒂的人。他们回忆起当时的摩擦，对罗从兵也是心生服气：真是一个没有私心、处事公道的人哪，走这么早，太可惜了。

人们的评价，是一名基层干部一心扑在工作上用实际成效攒来的。干部干部，先干一步。你干得怎么样，群众心里自有杆秤。

在金川县交通运输局办公室，我们看到他留下的一双沾满泥土的筒靴、一件旧迷彩棉衣。经常深入项目一线，像施工队员一样焊在工地上，逢着雨天，或有时需要涉水、需要从泥泞中开掘新路，他都离不开筒靴。高海拔地区昼夜温差大，那件棉衣他穿了十几年，穿成"标配"。

……

他的形象，是那么真实朴厚；他的事迹，是那么温暖人心。

金川人能歌善舞，最爱唱的一首歌叫《金川红》。"长长的山谷里，洒满万千红，那是我家乡秋天的笑容。"每到深秋，漫山遍野都是泛着金光的万千红芒。"我爱金川红，心中最美的红……"人们说，罗从兵是金色山川赤诚的红。

这种红，与党旗的颜色一样，是人间最美的红。

金川秋色

第一章 Chapter 1

初心种在太阳河

CHUXIN ZHONG ZAI TAIYANGHE

藏家的小儿子

金川县在哪里?

金川县位于四川省阿坝藏族羌族自治州,是民族地区、革命老区,面积5550平方千米,户籍人口7.3万人,常住人口5.8万人。老一辈说,1950年10月金川解放时,各族群众夹道欢迎人民解放军。再早些时候,中国工农红军在这里建立苏维埃政权,当地群众纷纷跟着擎起镰刀斧头红色旗帜的那支队伍干革命。

清代昭梿编撰的笔记《啸亭杂录》描述:"(金川)其地高峰插天,层叠迴复,中有大河,用皮船筜桥通往来。山深气寒,多雨雪,所种惟青稞、荞麦。"

金川县地处青藏高原东部边缘,位于大雪山支脉和邛崃山支脉之间,地势由西北向东南倾斜,境内山地占95%以上,坡高谷深,山坡下段坡度通常在35°左右。

对于户外运动而言,假如坡度超过30°,直线攀登就变得十分困难。人不仅容易疲劳,还会因脚掌着力时随碎石滑动而摔倒,正确方式应是走"之"字形路线横上斜进。

罗从兵就出生在金川县安宁乡炭厂沟村的一个藏族家庭。

炭厂沟是一个多民族聚居的村落。

罗从兵出生的1982年，父亲罗富荣——一个身材瘦削的藏族汉子，那一年的心情都是美滋滋的。

党中央给亿万农民吃了定心丸。是年1月1日，中国共产党历史上第一个关于农村工作的"一号文件"《全国农村工作会议纪要》正式出台，明确指出包括包产到户、包干到户在内的各种责任制都是社会主义集体经济的生产责任制。

"分地了！"快讯和正式文件先后从中南海传至偏远的山乡，炭厂沟的村民因之沸腾了。村民点燃篝火，在山间台地上跳起欢快的锅庄。锅庄不受场地限制，但凡有喜事，藏族同胞都喜欢围着升腾的火焰集体翩翩起舞，尽情地释放内心的激动与喜悦之情。

母亲王正香长舒一口气："不担心养不活娃儿了。"家中排行第六的幺儿降生，王正香喜中带忧，衣裳破了可以补，大的穿完小的穿，锅里的玉米馍馍无论掰几瓣、酸菜糊糊分几碗，总量在那儿摆着，骗不过肚子呀。这下有希望了，多个儿子多份地，幺儿一来就赶上这种天大的好事，怪不得都说幺儿"金贵"。

炭厂沟是高半山村。高半山通常指高山、半高山、高原以及山原等地区，在阿坝州，对于高半山村有个不成文的界定，即位于海拔2500米以上的村落。金川处于从四川盆地往青藏高原过渡的地段，没有沃野千里，也没有一马平川，只有一座又一座山。这里的高半山村藏在大山里，一般只有一条村路连通外界，沿路海拔陡然上升数百米，往往几千米的村道就有几十个弯。这里海拔高、山坡陡、山风大，地无三尺平，与陶渊明描述的"土地平旷，屋舍俨然"的世外桃源毫不沾边。

但即便在条件艰苦的地方，土地制度的伟大革新依然牵动着每一户农民的心，祖祖辈辈谁不想"耕者有其田"？作为党员、生产队长，罗富荣把各户当家人召集到一块儿,商量土地承包经营权分户事宜,也就是俗称的"分地"。

日上三竿,一群人围坐山头。沉稳的老人摸出烟袋杆,装上旱烟丝,点火深吸几口。年轻人摩拳擦掌、跃跃欲试,生怕政策有变,赶紧把土地具体到户、细分至人头,心里才算安稳。

罗富荣是年40岁,正值壮年。他说:"炭厂沟不像河坝那么平整,地都趴在山坡上,有平点的有陡点的,有产量高的也有不怎么'下蛋'的。大家说说,咋个分?"

分地涉及群众的核心利益,必须找出一个大家都能接受的办法。起初大家都不吭声。抽烟的老人率先打破寂静:"要我说,谁家房在哪儿,地跟到分到哪儿,耕种方便。"看似很有道理,却遭到一些群众反对:"不公平,依我们家屋后的地,一亩只能当三分使,以后向你家讨口粮去?"

有人提出:"那就抓洋芋?"洋芋就是土豆。找一堆大小相近的洋芋放进筐里,在洋芋圆乎乎的肚皮上标上对应的地块号,分到哪块全凭手气,看天意。

这个办法看似公平,但也带着较大的随机性,保不准有人手气就那么背。罗富荣提出抓洋芋的改良方案,地块按产量高低分成两类,这样每户抓到的土地都肥瘦搭配,同时允许大家在你情我愿的前提下置换抓洋芋结果。

村民称赞这个办法公平厚道,有人情味。

这是罗富荣描述的分地过程。等罗从兵渐渐长大,从大姐罗从秀那里听到抓洋芋的结局:"那时候刚有你,阿爸手气真不错,抓到手的地块特别好,结果很多人找他说情、说困难,阿爸就跟人换了。"

罗家最终分到的地东一块、西一块,是村里耕种条件最差的,背趟苞谷回家要两三个小时。罗富荣的这种先人后己的精神,对小儿子的成长产生了潜移默化的影响。有一次，他带着罗从兵为村民小组分花椒树苗，最后剩下两棵赖苗时，被大伙提醒忘了分给自己，罗富荣大手一拍，就这两棵吧。

"阿爸，为什么总是我们家吃亏？"罗从兵问。

罗富荣用藏族的谚语作答："老虎不敢吃成群的牦牛。""合心的喜鹊能捉鹿。"村民只有团结起来才能战胜困难。他教育儿子将来有能力了，也不要独自高飞，要做顶住风、带着飞的头雁。

罗富荣、王正香生了三儿三女。大儿子罗从发、二儿子罗从华、大女儿罗从秀、三女儿罗从静，二女儿早夭，小儿子罗从兵是子女中唯一的"80后"。

罗从兵父亲罗富荣近照。入党50多年，他始终以党员的标准严格要求自己

"兵"字在罗富荣心中有着特殊的含义。金川是一方红色热土，1935年11月，中国工农红军在这里开创了中国革命史上第一个省级少数民族红色政权——格勒得沙共和国。尽管政权存续时间短暂，但革命的火种播下后，就迅速形成燎原之势。金川一带参加红军的达2100人，参加游击队的有3000多人。

罗富荣1966年入党，其父1955年入党。罗从兵爷爷那一代金川人，许多跟着红军北上，在党的培养下成长为优秀的革命战士。金川安宁同乡康立泽14岁成为一名红军战士，15岁入党，长征中几过草地，随西路军血战河西走廊，在后来的一系列战斗中表现勇猛，受到朱德总司令的题词表彰和嘉奖，荣获各种勋章：八一勋章、独立自由勋章、解放勋章、红星勋章……

罗从兵听着长辈讲述英雄的事迹长大，从小敬重英雄、崇尚英雄，形成了浓烈的英雄主义情结。

罗从兵是在一家人的供养下上学读书的。他比大姐小12岁，比三姐小6岁，生逢其时，赶上了改革开放的好时代。土地承包到户后，罗家生活的显著改善首先体现在锅碗里头。大姐罗从秀跟随母亲王正香养鸡养猪，一年肉食有了来源。地里的产出足以饱腹，结余下来的粮食还能换些钱回来。

"聪明人喜欢知识，愚蠢者喜欢装饰。"罗富荣把家人召集到一块儿开了个家庭会议，"老辈子传下来的话不假，可是以前没条件，委屈了你们，现在紧紧裤腰带能供老三（罗从兵）读书，该紧就得紧。"

穷人家的孩子上学，交学费为难家里，交不上为难学校，不管按时交还是推迟交，心里都不是滋味。每到临近开学，家里就张罗着卖鸡卖蛋。罗从秀看得出弟弟对此有一种愧疚与不安，她经常安慰并鼓励他："幺弟，家里几个人供你一个，平摊下来很轻松，不要有太大压力；也不能没压力，你要是读不出结果，鸡才是白卖了，还不如杀了吃肉。"

1996年，罗从兵进入安宁中学就读初中。从高半山的村庄到安宁乡，直线距离仅四五千米，看起来似乎没有多远，但这里没有两点之间的直线可走，沿弯弯曲曲的山路徒步过去，单趟要三四个小时。为了打发无聊时光，他踢着石头走。罗从兵向朋友回忆过那段读书路："望山跑死马，望校累死人，真是只有望梅才解渴。"

藏家的小儿子罗从兵

他学习成绩优异，常年占据年级光荣榜前列。而且特别能吃苦，学校组织打扫旱厕，他一定是抢在最前面的那个人，加之篮球、乒乓球等运动项目表现出色，他在校园中闪闪发光。这给后来成为他同事和搭档的同学罗小琴留下了深刻印象。

初中毕业后，罗从兵和罗小琴再见面时，已是2003年。罗从兵的个头长到一米八，国字脸上眉毛浓密、眼神明亮，戴副眼镜，体型偏瘦却显干练，灿烂的笑容展露出很强的亲和力。他们都考录为服务家乡的基层干部。罗从兵去了海拔3500米的太阳河乡，罗小琴则去了海拔4300米的阿科里乡。

"啊呀，老三是公家的人了！"罗富荣喝碗哑酒，心情舒畅地哼起山歌小曲，"隔河望见大麦黄，割了大麦种高粱；好吃不过高粱酒，好耍不过少年郎……"

邻居碰到王正香，带着羡慕送上祝贺。王正香有些无奈地笑笑："娃儿是个犟糟瘟（方言，指倔强），啷们（方言，指怎么）都不听我的，非要到上河之上，过苦日子去咯！"

二
太阳河来了位护林员

高山多云雾，雨降半山腰，水流山脚汇大河。金川县因纵贯全境的大金川河得名，大金川河又因沿河诸山富含金矿得名。金川，果真是成色十足的金色山川。

大金川河常年水浪滔天、滚滚南流，流经区域的经济发展程度差异显著。当地人据此以县城为界，将下游地域称作下河，上游称作上河。但无论上河下河，都算河谷地带，在当地都是温暖和煦、物产丰饶、梨树遍布的地区。还有的乡镇在上河之上，那里可真是苦寒的山沟沟了。

王正香不乐意儿子去的太阳河乡，正在上河之上。2003年，罗从兵参加金川县公务员公开招考，通过了初试和复试，被分配到太阳河乡工作。

王正香听闻此事，禁不住抹眼泪。太阳河的苦，王正香怎能不知道？她家有亲戚入赘到那里。太阳河距离县城几个小时车程，冬天来得早，积雪厚。当地人多住在人畜不分的传统藏居里，条件艰苦，怎么也比不上安宁乡呀！在村上做个老师不比去那里强吗？

这份工作之前，罗从兵的第一份职业是代课教师。

1999年初中毕业时，罗从兵面临一次艰难的人生抉择，考高中还是中专？以他的成绩，可以报考金川中学。穷人家的孩子早当家，罗从兵不想再增加家庭负担，以早就业为目标考取了位于汶川县的威州民族师范学校，就

脱贫摘帽后,原太阳河乡(现观音桥镇)的山村景色如诗如画

读三年制师范专业。

20世纪八九十年代,国家亟须向基层补充大量专业技能型人才,中专(中师)发展迎来黄金时代。能考上包分配工作的中专(中师)的,都是同龄人中的佼佼者,考取的难度无异于如今考"985""211"大学。但在90年代中后期,国家对中专(中师)毕业生分配制度实施改革,不再包分配工作。这就是那个17岁的农家娃的忧虑所在。

3年后,罗从兵毕业,回到家乡安宁乡当了一名没有编制的代课教师。教师传授知识,受人尊重,哪家哪户见到不主动递个板凳、端杯酥油茶?王正香对家里出了个文化人感到脸面有光。何况幺儿那么体贴和孝顺,每到农忙,背苞谷、背种子、背化肥,力气比哪个都大。这样的年轻后生,娶个媳妇组个家庭,不就是很完满的人生了?

然而,事情并没有朝着她所期待的方向发展,罗从兵最终选择到上河之上当公务员。罗富荣则看得很开,批评她没有见识,红军爬了雪山过了草地才走向胜利,雄鹰不经过磨砺怎么飞上天空?

罗从兵去太阳河之前那夜,父子俩一起喝了顿酒。儿子成长的过程,就是与父亲交流越来越少的过程,成年人总要学会把心事藏在肚子里。

罗富荣再三叮嘱:"你成了公家的人,要干好公家的事,不能白吃公家的饭,更不能丢炭厂沟村人的脸。"

老一辈金川人仍然喜欢用"公家"一词称呼党委政府的公职人员,党政干部、政法干警等在他们心目中拥有崇高威信。

儿行千里母担忧。王正香为罗从兵准备行李,衣物不管新旧,有总比没有好;干粮也要带一些,总怕孩子饿着。中华民族的慈母都恨不得把一切奉献给子女。

次日，一辆破旧的面包车拉着罗从兵离开家乡。从安宁乡到太阳河乡100多千米路，车子拉着他驶向上河之上。公路蜿蜒的姿态与大金川河近乎一致，车窗外河水湍急，浪花泛着金光。

渡过一条河，又来一条河。金川绰斯甲河与足木足河汇流形成大金川河，绰斯甲河有条支流叫太阳河。那里正是罗从兵人生梦想启航的地方。

太阳河乡在一条山沟里，人们穿藏袍、吃藏餐、住藏寨，农牧业兼营，民族风情浓郁。乡政府所在地的藏名叫"特英"，意思是"菩萨夫人"。

传说中，这里曾住着一对家境贫寒的残疾夫妻，老来生下一个聪明伶俐、美丽善良的女儿，女子成年后提亲人络绎不绝，可姑娘不忍丢下年迈的父母，又不愿招赘女婿承担家庭负担，便立誓终身不嫁。

她悉心照料父母，两位老人活到90多岁同日离世。姑娘按当地最隆重的

太阳河清澈湍急，阳光照射下波光粼粼，曾有很长一段时间是当地群众的饮用水水源地

形式把父母安葬在了山顶，当她把父母最爱吃的食物抛向煨桑火堆时，自己却飘荡飞起，顺着烟火徐徐升空而去。活佛喇嘛说，她的孝心善行感动了山神菩萨，菩萨把她迎娶走了。人们便把这个地方叫作"特英"。

罗从兵在太阳河乡的岗位是团干部。当时国家正推行退耕还林还草政策，乡上把与之相关的林业工作交到了他手中。退耕还林还草与群众利益息息相关，人们十分关心，一个说法在乡亲们口中流传开来：乡上来了位护林员。

最初是松都村的村民在传。太阳河乡很大，山高谷深、沟壑纵横，面积215平方千米，比一些县市都大。乡上只有一部电话机，通信极不方便，在乡内传递消息全靠甩腿脚"奔走呼号"。

太阳河乡又很小，只有麦地沟、松都两个行政村，人口700多人。乡政府在松都村，所以那里的村民近水楼台，知道消息要早一些。

罗从兵学的是师范专业，对林业知之不多。但师范生罗从兵经过专业训练形成了一个优势，那就是记忆力和分析理解能力比较强，这让他很快记住和掌握了退耕还林还草政策。

乡上领导提醒这位年轻人，政策理解透彻了再干。太阳河乡的藏族群众性格耿直豪爽，向来喜欢打破砂锅问到底，如果第一次没整对，群众有疑问解答不出来，后面工作就很难开展了。"一言失口无法捉住，利箭射出不再回来。"

退耕还林还草政策源自中国人强烈的生态危机意识。1998年，长江、松花江流域发生特大水灾，全国上下意识到，加快林草植被修复、改善生态环境，已成为全国人民面临的一项紧迫的战略任务，是关系到中华民族生存与发展的根本大计之一。

1999年，中央选择在四川、陕西和甘肃三个省份试点退耕还林还草政策，金川县所在的阿坝州是四川省确定的试点区域之一。2003年底罗从兵到太阳河乡工作时，退耕还林还草工作已在全县铺开。太阳河乡那一年的退耕造林任务基本完成，需要罗从兵紧接着推进的一个重要环节是：确权登记。

乡领导告诉他，这项政策利国利民，太阳河乡群众参与积极性比较高。不种粮食种生态林，怎么会有积极性？这个说法让罗从兵感到很惊讶。一接到任务，罗从兵立即做走访，了解情况并寻找积极性高的原因。

退耕还林还草将在若干年后体现为国土绿化带来生态改善，这是朴实的山区农民对绿水青山、对子孙后代做出的重大贡献。村民对罗从兵讲不来这些大道理，只是讲了一个很实在的结论：参加退耕还林还草比不参加好。

怎么个好法？麦地沟村党支部书记杨崩热勒尔乌（简称"勒尔乌"）带着罗从兵在寒冬腊月间来到地里，这是他第一次见到这位"干筋腊猴"（方言，指人瘦）的年轻人。

还是"愣头青"的罗从兵带头进行环境卫生整治

罗从兵在排除道路上方隐患

山坡上寒风阵阵，吹得一两米高的杉树苗摇摇摆摆。勒尔乌说："你们河谷那里土地金贵，我们这哪比得上？别看每家说起来都有一二十亩地，但只能种青稞、胡豆，苞谷没种活过，一年到头勤扒苦做刚够糊口，再为来年留下点种子，哪还有什么能卖到钱的？在这里种地，真是背起石头打天，莫办法的嘛！"

国家出台退耕还林还草政策，前后一比较，吸引力显现了出来：退一亩地补助300斤原粮（折合商品粮210斤），比自己种粮强太多，而且兑换的是大米。

在麦地沟村长大的"90后"夏拉夺基对此印象深刻，家里吃得上白米饭就是从退耕还林还草那时开始的。

退耕还林还草工作为初出茅庐的罗从兵上了重要一课：党的政策之所以得到人民群众的衷心拥护，就在于坚持把实现和维护最广大人民的根本利益作为一切工作的出发点和落脚点。罗从兵爱读历史，从课堂和书本上学到过这些，但这是第一次在现实中有了如此深的感触。

村民退耕还林还草面积大小关乎领取粮食补助的多少。罗从兵的工作恰是丈量退耕还林还草面积，帮村民办理确权登记手续。林权证拿到手，村民的心才能放到肚子里。

多年以后，他曾向刚参加工作的同事介绍那段经历，一个"愣头青"上来就参与国家重大政策实施，是人生之幸不假，不过责任也是沉甸甸的呀。

那时，他和年轻的同事们正参与创造一项彪炳史册的人间奇迹：打赢精准脱贫攻坚战。

三
守好抱牢乡亲们的"金疙瘩"

太阳河乡政府用房是一排木石结构的平房,几间办公,几间住宿。乡上发动干部职工入冬前大量捡拾木材,劈成柴花子,在院角堆成柴码子,以便烧回风炉取暖。

金川海拔落差大,形成了典型的垂直型气候。峡谷一带,夏季湿热无酷暑,冬季温和无严寒。而山上的冬天只有一个字——冷!冷到哈气化雾、滴水成冰,而且空气稀薄,氧含量低。

罗从兵刚到乡政府报到时,赶上了一年中最冷的时候,幸亏木板床上配备了电热毯(尽管电力供应不稳定),否则滴水成冰的漫漫冬夜真是不小考验。

冬天用水困难,要从太阳河背冰。乡上的女同事尽量减少洗头频次,既出于节约用水考虑,还有天气原因,长发从头顶梳起,尚未整理至发梢,梳子卡在了中间,下面的头发冻成一块。

一个卷尺,一个帆布包,一个笔记本,罗从兵的办公家当十分简单。天气放晴,山林苍茫寂静,山巅白雪皑皑,一个年轻身影常常沿着银光闪烁的太阳河行走。

罗从兵身材高大,阳光帅气。初见他,乡亲们还以为是哪家的学生放寒假回来了呢。他的工作量看似不大——当时全乡只有153户、700多名群众,

罗从兵工作过的地方,如今已焕然一新

但由于各家各户分散居住在山间各处，没有车辆可乘坐，要走访全乡住户，相当考验人的脚力。

王正香不愿意让罗从兵来太阳河乡，原因就在于此。上河之上的艰苦，祖祖辈辈谁不知？

每次进村找到村干部，罗从兵不孤单了，拿出卷尺一起量地去。从红军长征过金川，到中华人民共和国成立后党带领各族干部群众投身社会主义建设，乡亲们认一个理："公家派来的干部干实事，党让干的事情我们跟到干。"

这天下午，他前往日列泽郎多尔基（简称"泽郎"）家，他的儿子正是前文提及的"90后"夏拉夺基。

从乡政府出发，先沿碎石路步行七八千米，到太阳河畔冬春季热气蒸腾的"神泉"那里歇一脚，再舍弃大路，捡一根防止路滑摔倒又能驱赶野兽的木棍拄着，攀爬进林间小道，翻山。体力好的人，一步不歇走两三个小时，能看到更高处的四户藏式民居。这四户人家所在地叫"斯多德"，海拔3700米左右，但还不是全乡最偏远的聚居点所在。这一趟行程单边约莫20千米。

罗从兵还未走到泽郎家，当地称作"牧场狗"的一种大型犬冲了出来，扯紧拴在门口的链子"汪汪"吠个不停。罗从兵握紧棍子站立住，小心翼翼喊："表叔在吗？"狗叫得更起劲了，房舍一层的牲口圈内牛鸣猪哼，仿佛整个山头活了过来。

泽郎裹着大领毡衫探身而出，罗从兵依旧不敢乱动，快速说明了来意。"你就是那个护林员？我们听说了。"泽郎打量着手和脸蛋冻红的年轻人，热情招呼他进屋烤火，喝杯热乎乎的酥油茶暖暖身子。

把年轻的长辈称"表叔"，把年老的长辈称"伯"，罗从兵的这个习惯从什么时候开始培养起的已无从考证，但可以肯定的是，这个拉近他与群众距离的习惯，伴随着他今后的人生。

泽郎家的祖屋用石块石片垒砌，形似碉楼，住过几代人。房屋窗洞狭小，二楼堂屋的火塘更显火苗旺盛，架在上面的水壶被熏得通体黢黑。那时的罗从兵还是青涩的。与泽郎闲聊一会儿，就一起踩着雪去测量退耕还林还草地块的面积。

山上的地哪有什么四四方方？罗从兵先把地块的形状轮廓大致勾画出来，小跑着逐一量边长，每次量完就喊泽郎确认一下卷尺上的数据对不对，如有疑问，再量一遍。他把地块边长数据标定好，利用学到的数学知识计算面积。

泽郎看着做事一丝不苟的年轻干部，笑着说："地有多少，我们心里醒豁，早先村子分地时定了面积的，你根本不用这么麻烦，按之前的面积直接给登记上，我不得做门背后的弯刀嘴（方言，指背后提意见）。"

罗从兵摆了摆手中的卷尺说："表叔，我用这个量了好几家，早先定的还真不一定准，要是你家实际面积更大，不就吃了亏？"

泽郎说："我们也不想吃亏，又不想你吃苦，你也别量了，每家多给我们登记点也不是多大个事。"

罗从兵停下手中的笔，哈口气两手对搓一阵说："表叔，你家多点他家多点，说起来不多，汇总到国家，不成了个虚夸的水分数据？你可别让我坑了国家丢了工作，被灰溜溜开回老家去哟……"

泽郎笑起来："哦呀，你这个娃娃嘴巴真行，晚上给你蒸米饭，退耕还林补助的大米我们家领回来咯。"

泽郎家分有21亩地，半天时间量不完。眼见日落西山，回乡政府天黑路远，罗从兵提出晚上可否住在泽郎家。泽郎"哦呀哦呀"同意了。

泽郎家人多，父母、妻子、三个子女，妻子的哥哥也与他们住一块儿。

走群众路线是罗从兵的重要工作方法。无论时间宽裕还是行程紧张,他都要到老乡家里坐坐,与大家围坐在一起交心摆谈

恰逢周末,在太阳河中心校寄宿读书的两个儿子回来了,一家八口人齐聚一堂。大儿子夏拉夺基读五年级,小儿子泽让南木甲读三年级。

火塘是藏族人的家庭中心,夜里围着火塘烤洋芋,大家边吃边聊。有两个虎头虎脑的娃娃在,罗从兵一下子找回了作为代课教师时家访的感觉,话题自然少不了两个孩子的学习情况。

罗从兵得知夏拉夺基险些辍学。中心校与乡政府紧挨着,同在松都村。为方便路途遥远的麦地沟村学生上学,教育部门在麦地沟村设立了一个教学点,一至三年级在这个教学点读,到了四年级再转到乡上的中心校接着读。

"你当时咋个不想读了?"罗从兵问。

"说真话吗?"夏拉夺基反问。

"肯定不能卷起舌头说(方言,指不说实话)呀!"罗从兵笑笑。

"我姐告诉我们,松都村的娃娃些彪悍得很,要被他们打回来。"夏拉夺基低下头,拿树枝拨弄柴火,火苗猛地蹿起多高。

看着夏拉夺基壮实的身体,罗从兵好奇地问:"结果被欺负了?"弟弟泽让南木甲迫不及待接过话:"啷么可能,他们能有我哥哥彪?!"一家人笑起来。

三年级结束后,校长胡应秋带着老师几次来到泽郎家做工作,主要是做孩子的思想工作。结果是,弟弟也不在教学点读了,兄弟俩抱团结对一起去中心校寄宿读书。

罗从兵把兄弟俩拉到身边,嘱咐道:"你们和同学一块儿耍,要和和气气,不要打,更不能记仇。我在乡上,与你们学校对门实户(方言,指对门对户),算是邻居吧,今后有困难找我。"

"没奈何（方言，指没办法）了，能找你帮忙？"

"咋个不能呢！"

"我们咋个喊你？"兄弟俩异口同声问。

"喊我罗从兵。"

兄弟俩当即跑出屋子，朝着星光下的大山，喊得响亮："罗从兵，罗从兵……"

一个人对他人的影响怎么发生的，影响有多大？若干年后，夏拉夺基考录为金川县的公职人员，辗转多地后又成了罗从兵的下属和同事。泽让南木甲如今是丹巴县高中的一名音乐教师，2013年曾因参加湖南卫视举办的音乐选秀节目《快乐男声》成都唱区比赛而走红，最后跻身全国66强。

一天都在奔波忙碌，罗从兵躺在火塘旁的毛毡上，蜷缩身子和衣而睡。泽郎找来一床旧棉被给他披上，眼中满是赞许。

有人评价乡镇干部的工作：细小、琐碎、枯燥、乏味。罗从兵进村入户

干着重复枯燥的测量工作,做事极为细致,每户测量好填完表,他便要求村民在表格上签字确认。一些村民不会写字,他便代写名字,但村民必须在退耕还林还草面积和名字上按下手印。

乡上同事回忆,罗从兵有个本领,善用大白话解释政策文件。

天下没有白走的路,走在人迹稀少的山路上,罗从兵用思考驱赶寂寞。就像为孩子们备课一样,自己先认真咀嚼和消化一遍,再去讲就变成了自己的语言,生动且不走样。

签完字画完押,他边休息边跟村民吼咐(方言,指叮嘱)几句。他说,给大家办下林权证,就相当于发了个"存折"给大家。乡亲们负责把林子看护好,每年都能领到粮食,以后说不准是领钱。"不用耕种,还有钱粮拿;

罗从兵和同事在乡干部职工会上汇总脱贫攻坚走访资料

节省出来的时间，出去打个零工便是收入呀。千百年来，哪有这样的好政策？你们说，共产党好不好？"

村民们一听，是这个理，乐呵呵地说："你手里拿的，可不就是我们传家的'金疙瘩'？"大金川河沿河富含金矿，金川人用金来比贵重的东西。

采集资料仅是为村民办下林权证的第一步。要想准时把证送到村民手中，罗从兵必须在规定时间把资料送到县上去。

但那一年大雪封山，天地间白茫茫一片，一幅"千山鸟飞绝，万径人踪灭"的景象。乡上原本车辆就少，此时愿意冒险外出的更少了。

松都村村民容中勒尔乌家中有辆面包车，他第二天11点要去丹巴县办急事，途中会经过金川县城。为什么是11点出发？因为地上的雪有一尺厚，走得太早怕路滑翻车。

罗从兵得知勇士现身，十分兴奋，他让松都村村干部给容中勒尔乌捎话，他明天11点准时上车。留下话，他急忙起身前往泽斯都寨子，那里还有几户人家没有测量完退耕还林还草土地面积。幸亏地里种的是树，要是种的是被积雪覆盖的粮食作物，那就完全没法测量了。

但这话，村干部捎得毫无底气，"啷么看，都像冲壳子（方言，指吹牛）！"

泽斯都寨子距离乡政府十几千米，正常天气要走三四个小时，罗从兵当晚肯定回不到乡上，要在第二天上午11点之前赶回来，他得早上几点出发？何况还下着雪！

第二天雪停了。一早，乡上和村上把临路的群众组织起来扫雪，方便大家出行。容中勒尔乌长罗从兵四岁，性格颇为爽朗，他一边清扫一边跟人打赌：罗从兵能否赶得上？一致看法：悬，够呛。常年生活在深山的人们，尽量避免在雪后出行，否则一不小心滑到沟里可不是闹着玩的。

时间一分一秒流逝，人们在乡政府门口左等右等，不见人来。后来干脆进院子里烧起酥油茶坐等，隔几分钟就派人出来打望几眼……轮到容中勒尔乌时，他看到一个白白的身影出现在远处，几乎与白净的山色融为一体。

近了看，那人头发、眉毛结满冰柱，一身是雪。容中勒尔乌打趣："同志们，白眉大侠来了。"有人纠正："是雪山飞狐，不，是咱们的罗英雄。"

罗从兵顺利回到乡上，乡亲们悬着的心放下了，都跟着开心起来。

罗从兵笑道："没在林海雪原长大，时间也还是拿捏准了，不到11点。"

人们问："几点动身的？"

"走得慢，5点多就出发了。"

容中勒尔乌竖起大拇指，真是个一诺千金的汉子！

顾不上过多抒发情怀，罗从兵赶紧从乡政府办公室扛出一个蛇皮口袋，里面全是测量退耕还林还草情况的资料，把从泽斯都采集的放进去，这下全乡齐全了。他往帆布包里塞了两个硬邦邦的馍馍——还没吃早饭呢。

乡亲们嘱咐容中勒尔乌开慢点，别着急，把牢方向盘，安全第一。罗从兵使劲啃着馍馍说："放心吧，资料我会看好的，人在，你们的'金疙瘩'就在。"

那阳光般温暖灿烂的笑容，至今印刻在容中勒尔乌的脑海里。

金川秋色

四
致青春:"逮猪三人组"

为太阳河乡群众办完林权证的一段时间,罗从兵与基层干部的成长烦恼期不期而遇。这是多数青年干部在职业生涯中都需要经历的特殊阶段。

护林员的主要职责是林业生产保护,以植树造林、森林防灭火、病虫害防治、查处毁林案件等为工作重点。当时正值大雪纷飞的隆冬时节,这些工作无法正常开展。罗从兵毕竟中专毕业,文笔相对出色,乡上有时会把一些工作总结材料和需要向上级部门提交的文件交由他起草。

罗从兵与同事们渐渐熟悉起来,慢慢体会到基层乡镇干部的苦。"上面千条线,下面一根针",重重任务、各种考核最终靠基层一线落实。每个部门发个文,到了乡镇就是厚厚一沓,从农业生产到计划生育,从环境保护到安全维稳,从晴天防火到落雨防涝,从干好事情到写好报告,基层干部承担了大量细致烦琐的工作,既考验能力,也考验心态。年轻干部对成就感的预期一时很难满足,往往莫名生出人生一眼望到头的错觉。

身处偏远的太阳河乡,即使闲暇下来,也没有很好的休闲娱乐方式。电力供应稳定的前提下,大家晚上挤在一块儿看电视。"罗从兵,快去清锅盖,满屏雪花要飘出来了。"乡上使用卫星锅盖接收电视信号,锅盖积雪影响信号接收质量,每隔一段时间都要派人去清理干净才不至于让演到精彩处的电视节目中断。

夜深人静，就怕胡思乱想。罗从兵是一个心思细腻的人，这样的环境让他的焦虑感疯长。他无法与父母、与身边人交流这些，甚至对不由得冒出的这些念头深感羞愧。心胸憋闷至极时，他脑海中浮现一个人的身影——班主任罗志军。

1999年，罗从兵第一次走出大山，来到威州民族师范学校读书。罗志军刚大学毕业到学校任教，带的第一届学生就是罗从兵所在的99级1班。罗从兵为人正直善良，人缘好，口碑佳，全班40多名学生投票选举他为班长。班主任和班长的"二罗"组合，成了同学们念念不忘的青春记忆。罗志军与罗从兵在班级管理上配合紧密，成了无话不说的要好朋友。

这天夜里，罗从兵打电话向老师罗志军诉说困惑。听到熟悉的声音，罗志军内心无比欣喜；听学生道出心声，他感受到了深深的被信任感。

罗从兵与群众一起参加赛跑

罗志军问："做代课教师的待遇和发展前景，赶不上乡镇干部，那时你不困惑，现在为什么困惑了？"

罗从兵敞开心扉："当老师能清晰地看到学生的成长和进步，以及他们改变命运的可能；在乡镇工作身陷繁杂事务，做完一件事又来一件事，效果不如促进学生进步那么直接。"

罗志军说："我对乡镇工作不了解，不过我们拉长时间维度，如今的乡镇跟十几年前比，是不是有很大的改观？这些改变是怎么发生的，不正是一个个基层干部苦干实干的结果？老师强调是'一个个'，就是希望你树立一个观念：机器保持正常运转，每个零部件包括每颗螺丝钉都不可或缺。所以老师建议你，要有放眼长远的耐心，要有涓涓细流终汇大海的信心。"

罗志军理解血气方刚的年轻人都有力挽狂澜的英雄梦，但打赢一场战役不但靠主帅英明决策，更靠一个个英勇的战士陷阵杀敌。"不要想着单靠个人干成大事，成功一定是长期合力的结果，你可以把处理烦琐事务的过程，看作战士冲锋陷阵的过程。"

罗从兵的心结解开了，听红色故事长大的他，怎么不想做英雄呢？罗志军问："你到太阳河乡一段时间了，熟悉了那里的多少位群众？"

罗从兵一愣，"倒是认识几位，熟悉可真谈不上……"

"你做班长可是熟悉班上的每一位同学呀！"罗志军给他一个建议，"像老师做家访一样到每家每户去走走看看，听听老乡期盼什么、想要什么，工作才有针对性呀。你来自大山，跑腿算不上苦吧？"

"不苦！不苦！跟你聊一聊，心里敞亮多了。"

"把事情做好没那么容易，年轻人易积忧易解愁，那就动起来干起来，在动态中解决。"

走下去，走到群众的心里去。

开展退耕还林还草工作期间，罗从兵结识了一位朋友——麦地沟村的兽医达尔甲。这里老百姓称呼的兽医，在畜牧系统叫作"村级动物防疫员"。

达尔甲身材魁梧，生于1975年，初中学历。世纪之交，外出务工潮尚未席卷至太阳河这些偏远的山乡。那个年代，交通不便、物资匮乏，村民求医问药困难重重。达尔甲毕业后在村上务农。县上为培养村民身边的医生，启动实施村医培养计划，筛选组织一批年轻人到县医院接受学习培训，麦地沟村推荐了达尔甲。

那怎么现在又成了兽医？达尔甲的确干过一段时间赤脚医生，打得来肌肉注射，对头痛脑热、感冒发烧等常见病开得来药方。直到有一天，太阳河乡兽医站的老站长看中了他，动员他来做村级动物防疫员。老站长隔三岔五找他谈心"念经"："致富致富，关键靠畜牧；畜牧畜牧，防疫第一步……"

村医、兽医不可兼任，而从护人健康转为侍弄牲畜，达尔甲心中有道坎。真正触动他迈出那一步的，是不再做村组干部的老村医回归主业了。达尔甲寻思，年轻人跟长辈争什么饭碗？

达尔甲性格外向，开得起玩笑。罗从兵跟他熟悉后，逢人便这么介绍兽医朋友："我这位朋友医术高超得很，他看病从不用病人开口。"

每年春秋季节，达尔甲上门给村民的牲畜打疫苗、戴耳标。他有次抱怨："猪儿子活蹦乱跳，半天时间逮不着，'二师兄'发起飙，憋得'大师兄'干着急。"金川话用"儿子"形容比较小的物体，比如"石头儿子""板凳儿子""背篼儿子"。

罗从兵提出："我来帮你逮猪儿子怎么样？"达尔甲瞪大眼睛，仿佛听错了，不相信地说："这玩笑开大了。猪圈又脏又臭，扑倒在地一身粪，你一个干部能吃这个苦？"罗从兵笑着回答："你忘了，我也是农村出来的娃。"

不久，罗从兵带着年轻同事肖银兵，来到村上跟达尔甲会合，麦地沟的"逮猪三人组"宣告成立。

传统藏式民居一般为两层或多层，底层圈养家畜、堆放柴火，二层作为生活起居的空间，还有些人家把粮仓、经堂等设在三层。养牲口的地方挺宽敞，而要在宽敞的空间中逮住牲畜颇有些难度。

三人行动了。

罗从兵在农村长大不假，逮猪的经验却丝毫没有。他蹑手蹑脚跟在猪后面，想趁它放松警惕时扑过去一把逮住。哪知猪的灵活程度远超想象，他不是扑空在地，就是猪从他两腿间逃窜，还顶他一个大跟头。猪圈内粪便遍地，几乎无法避免沾染身上。罗从兵站起身，苦笑着摊摊手。

"看你们干得白白拉拉（方言，指没有成效），体验得差不多了？我该干活了。"达尔甲认为罗从兵不过是想图个新鲜。罗从兵急忙表决心："快传授秘诀给我，按不倒'二师兄'我绝不罢休。"

达尔甲见罗从兵认真起来，便将他掌握的赶至墙根、先抓后腿、扯耳拉尾、推翻在地等整套流程和技巧逐一传授。罗从兵和肖银兵配合试验几次，果然有用。

待他们将猪控制住，备好疫苗针剂的达尔甲赶紧上前注射，并在猪耳朵上钉下耳标。达尔甲作业过程中，罗从兵不忘展现他幽默的一面："过去有个说法叫'蛇打七寸'，达尔甲贡献了一个新的——'猪抓后腿'。"

也不是没失灵的时候。一次，罗从兵和肖银兵碰到一头十分灵活的猪，竟然一跃而起从猪圈飞蹿出去。这下可好，猪圈逮猪变成了漫山遍野抓猪，他俩一前一后相扑时还狠狠撞到了一块儿。最终，三人组齐动手，才将这头路子偏野的猪制服。

始终与群众想在一起、干在一起,这是共产党人的作风。图为罗从兵又一次看望村民达巴泽郎

达尔甲还教给他们后来在各村常朗诵的《动物防疫歌》:"计划免疫你得搞,一般疫病能防好;强制免疫必须搞,这样疫情才能少;防疫就找防疫员,他的疫苗最安全……"

时隔多年,达尔甲回忆起这段经历,都觉得像电影里的情节。"他这个人,有样子没架子,很快跟我们打成一片,特别真诚。"

当时每户村民一年养四五头猪。每年冬月间,村民热热闹闹杀猪,把剔除了骨头和瘦肉的整块带皮肥肉放进大锅煮,加入盐巴,再加入八角等香料,当筷子插得进肥肉时,把肉捞起来悬挂存放。这种猪膘肉可保存几年乃至十几年不坏。

"今年存了多少猪膘肉?""退耕还林补助粮领到没?""房子住得

一年一度的看花节是太阳河藏族群众的重要节日。图为罗从兵应邀参加看花节,与大家坐在草甸上聊家常

舒服不?""孩子读书怎么样?""能多养些牲畜不?"……每当打完疫苗在村民家休息时,罗从兵进入"教师"角色,开始他的"家访",不是莽撞地刨根问底,而是在感情逐渐升温中不断创造新的话题,仿佛多年未见的朋友,总有聊不完的话题。

达尔甲对罗从兵的醉翁之意恍然大悟——他是借助逮猪消解与群众的陌生感,深入实际了解村情民意来了。这种主动融入群众的作风让达尔甲心生敬意。

更让他佩服的是罗从兵的记忆力。第二年,"逮猪三人组"再次登场,罗从兵不仅能顺利找到每户村民的住址,还能准确说出每户的养殖情况,具体到养了多少头牛。

这个能力让很多干部自叹不如。对于外地人来说,记住太阳河乡村民的名字是一个不小的挑战。当地嘉绒藏族取名时,构成颇为复杂,有朗朗上口的三个字名字"容中特""肯乒特""哈木特",也有更长的名字"达俄俄玛木初""东久热阿斯六""银木苦来宋尔甲"……

全乡700多人,罗从兵硬是全部记住了。曾有人请教他是如何做到的,他引用卖油翁那句话回答:"我亦无他,惟手熟尔。"

可不是!如果一个基层干部时常围着服务对象转,进村接触他们,开会讨论他们,资料上书写他们,心中念想他们,又怎能不熟悉?

每年7月的看花节,是金川嘉绒藏族最重视的节日之一,藏语称为"若木鸟",即观山之意。太阳河乡的群众倾村而出,在河畔草甸草场上搭起一顶顶帐篷,帐篷内铺上毛毡,人们围坐着吃美食、喝咂酒,一起娱乐几天时间。夜幕降临,篝火升起,录音机放起饱含高原风情的音乐,快乐的锅庄自然舞动起来。

受达尔甲邀请,罗从兵、肖银兵带着瓜子、水果前来,加入快乐的海洋。

有人唱情愫满怀的山歌:"山对山来岩对岩,山长水流难分开。每座山里孤树湾,天天望你你没有来。春天望你你不见来,望见桃花朵朵开。花开花落不见来,花干落没你没有来。秋天望你你没有来,我在高山打石岩……"

满天星河下,三个年轻人聊起梦想。达尔甲说:"我一定要走出大山,看看山外的世界到底怎么一回事!"罗从兵当时怎么说的,达尔甲已记不清。可以肯定的是,罗从兵没有离开故乡的想法。他曾向罗志军说:"老师,我从工作中找到快乐了。"

金川梨花

因为穷,达尔甲要出去。因为穷,罗从兵要留下。两人都没有错。

若干年后,达尔甲去了上海务工,从当司机干起,一点点积累起经验和资金。后来,开阔了眼界的他又回到麦地沟村,带动村民脱贫攻坚奔小康。如今他是麦地沟村党支部书记、村委会主任。

五
采挖虫草，剑拔弩张之际

维护民族团结是各民族的共同责任，保持社会稳定是各民族的共同任务。民族地区的矛盾尤其需要警惕，必须时时谨防针尖大的窟窿漏过斗大的风。而每年的虫草季，往往是矛盾高发期。

冬虫夏草是我国高原地区生长的一种特殊的中药材，它样貌似虫似草，又非虫非草，是真菌寄生无脊椎动物等形成的复合体，与人参、鹿茸并称为三大补品。

虫草产自海拔四五千米的草山，那里氧气稀薄、气候多变、环境艰苦。虫草整体3至8厘米长，露出地面的更是短短一小截，且与草木混在一起，极不容易被发现。人们不得不跪在地上瞪大眼睛一寸一寸翻找，地毯式搜索，一天下来，眼睛干涩、四肢疼痛。

尽管十分辛苦，但为了增加收入，很多群众还是会带着帐篷、衣物、炊具等，吃住在山上，一待就是一两个月时间。

每年五六月份，金川县迎来挖虫草的旺季。太阳河乡群众素有挖虫草的传统，乡镇干部最担心因为挖虫草发生矛盾纠纷。2004年夏天，乡上接到报告，松都村村民与邻近的毛日乡村民在木迪沟发生摩擦，要绰家伙干起来了。

乡上高度重视，一边派人从乡政府出发前往木迪沟，一边联系到距离事发地点最近的罗从兵，让他火速赶去，坚决避免进一步冲突。

罗从兵心急如焚。每年虫草季，基层干部心里的弦都绷得紧紧的，一些地方的群众因越界采挖、偷挖、抢挖等，发生过斗殴、聚众闹事等过激行为。他同时很纳闷，根据此前走访了解到的情况，松都村的虫草采挖点并没有木迪沟这个区域。

罗从兵恨不得生出翅膀来，向木迪沟飞奔而去。他累得上气不接下气时，身后传来"嘀嘀"声。"罗从兵，你甩起跑甩起跑，也赶不上我两个钻辘呀，到哪儿？我载你！"恰好有村民骑摩托经过，罗从兵赶紧跨上车去。

等罗从兵搭乘摩托又走山路辗转而至木迪沟时，两地村民正拿着木棍、石头、刀具等怒目对峙，争吵不休，气氛剑拔弩张。

"我是太阳河乡的干部罗从兵，专门赶过来帮乡亲们调解矛盾，大家都冷静冷静。"罗从兵一边喘着粗气，一边安抚大家的情绪。

松都村带头的人叫王青，他向罗从兵道出缘由。原来，松都村村民的确没有在木迪沟挖过虫草，是毛日乡群众率先在这里发现了虫草踪迹，但双方在边界采挖时产生了纠纷。"他们脚摸手（方言，指偷偷）地跑到我们地盘上来挖，我们怎么会答应！"王青义愤填膺。

"什么叫'脚摸手'？点是我们发现的，山是国家的，我们啷么不能挖？"对方带头人同样激动。

"你们日白撂壳子（方言，指扯谎），干坏事还有理了？"王青恼怒异常。

"你嘴巴打人得很哦，吃屎的把屙屎的估倒（方言，指欺侮）了！不服气，用坨子（方言，指拳头）解决！"对方火冒三丈。

"我遮到半边嘴说都说得赢你，你想打锤（方言，指打架），一脚把你啄（方言，指踢）上南天门！"两边群众的情绪又被点燃，放下的木棒等又

罗从兵与麦地沟村党支部书记勒尔乌一起做群众工作

纷纷拿到手中。

千钧一发之际,罗从兵冲到两群人中间大喝一声:"把东西放下,警察马上就到,哪个也别动手!"

两边村民都愣住了。

罗从兵紧接着说:"我们挖虫草是来找钱赚的,不是来找罪受的,家里长辈嘱咐我们出门要平安,大家千万不要因为冲动触犯法律,让他们操心又丢脸。"

村民认这个理。

一位毛日乡的群众说:"你是公家派来的,不能偏袒。"罗从兵拍胸口保证公道处理。

其实罗从兵说谎了。那个时候他不清楚是否有警察在赶来途中,但他坚信乡上的领导很快就会到达。好在乡亲们已坐下来，不会动手了。

王青对罗从兵心生佩服。如果真的打起来，罗从兵站在两帮人中间，一定会受到冲击。"关键时刻不退缩，是条汉子！"青涩的年轻人在这一刻真正长大了。

罗从兵把两边群众中担任村民小组组长的干部召集起来，一起商讨解决问题的办法。他先讲法治，讲克制不住情绪会造成的严重后果，会受到的法律法规处罚。再讲感情，讲酥油加糌粑越揉越融合、越揉越好吃的道理。

如他所料，不仅太阳河乡的干部很快到了，毛日乡的干部也来了。双方一起调解村民矛盾，工作更有力度。

化解矛盾纠纷，重在寻求双方利益最大公约数。在干部主持下，两边村民代表协商划分草山边界，尽管过程中少不了争吵式表达意见和诉求，但最终双方各退一步，形成友好采挖、共同维护治安环境的方案。为了确保协商结果不反弹，两边乡上派出干部驻守现场，加强日常管理。

从此以后，木迪沟再没发生过冲突。

这件事让罗从兵受到很大触动。亲自挖过虫草，才知道挖虫草的苦。村民把这件事看得那么重，很大一个原因是增收门路有限。

土地是老百姓的命根子。他回到工作起点，思考退耕还林还草后，除了保护生态，那些土地还能发挥什么作用。

他向农业专家请教，检索兄弟县的做法，专程到壤塘县考察了一番，他找到了一个办法：林下种植中药材大黄。

林下种什么，是门学问。罗从兵认为，这至少要满足两个条件：一是不改变林地用途，不影响树木正常生长；二是作物品种适应当地气候条件，种植技术难易程度与群众的能力水平相匹配。

中药材大黄就符合这些条件。乡上采纳了罗从兵的建议，向上级争取到

罗从兵在查看大黄长势

罗从兵到村民地头查看中药材种植情况

项目补助资金，为群众免费提供大黄种子。

大黄田间管理较为简单，但生长周期较长，五六年时间才可以采收。太阳河乡没有种植先例，村民们对乡上画的饼认可吗？罗从兵相继在松都村、麦地沟村召开村民大会，向大家描述实地考察情况，动员大家积极做第一个吃螃蟹的人。

"种子是政府提供的，就算没收获，大家浪费的只有栽种时的劳动，相当于零投入、零风险。可根据我看到的听到的，他们种一亩地卖了上万元，拿到了白花花的票子。"罗从兵讲到这里，诙谐地做起数票子的动作。

"这还用犹豫？我先种。到时候，没种的人不许眼红。"麦地沟村支书勒尔乌带头响应。这是他和罗从兵事先商量好的，这后来成为一种默契，推进各项工作，村组干部必须为群众做出表率。

大黄性寒味苦，但在若干年后，种上大黄的太阳河乡群众尝到了苦的"甜蜜"。大黄收了又种，越种越多。如今，种植大黄依旧是太阳河乡群众增收的重要渠道。人们看到大黄，就念起罗从兵的好，想起他当年的"诱惑"。

六
条条在理的小罗

我国一直把促进各民族共同繁荣发展作为一项重大使命。进入21世纪以来，中央和地方各级政府在涉藏州县实施了一系列扶持政策，帮助民族区域既搞活经济，又促进民生事业有序发展。

政策能否落到实处，考验的是基层干部的执行力。人们评价基层干部：千忙万忙，不抓落实就是瞎忙；千招万招，不能落实就是空招；千条万条，不去落实就是"白条"。

2005年，太阳河乡争取到农村危房改造等政策，旨在动员那些房屋老化、安全隐患多、交通不便的群众重新选址建房。开展这项工作的初衷是帮助群众解决实际难题，但推进并不顺利。

泽郎家即被列入了搬迁名单。按照乡上分工，罗从兵对口做麦地沟村斯多德聚居点四户人家的工作。这年初春时节，斯多德仍是冰天雪地。罗从兵从乡政府出发，翻山越岭赶路，抵达时恰巧碰到泽郎外出背冰。

斯多德海拔高，条件艰苦，群众饮用水是用一根皮管从更高处的溪流引来的，到了冬天，别说水管冻成冰坨坨，就是小溪也冰封成镜面。雪上加霜的是，斯多德位于山阴一面，整个冬季水源几乎都处于冰冻状态。因此，每年寒冬来临，这四户人家就进入了漫长的背冰用水季。

那条凶猛的牧场狗现在看罗从兵的目光是温顺的。罗从兵熟门熟路，走

尽管在基层工作很辛苦，但罗从兵找到了快乐

到工具房找个竹篓，跟上泽郎的步伐。两人小心地沿林间羊肠小道行至溪流边，用十字镐撬开冰面，将冰块切小，装进背篓，开始往回走。

返回路上，罗从兵做起思想工作："表叔，你们新建住房的选址定在了山脚，就在太阳河那条宽敞的马路边，早点建房早点搬，省得冬天背冰造孽（方言，指受罪）。"

泽郎沉思了一下说："情况我了解，住在下面的，冬天吃水也不方便，很多户还不是背冰？"

"表叔，最新情况你没了解到。"罗从兵解释，乡上已经争取到了一个项目，下一步要把水管接入每家每户，"冬天照样能喝上山泉水哦。"泽郎有些心动。

对罗从兵来说,最大的阻力不是像泽郎一样的青壮年,而是难舍故园的老人们。罗从兵接着与斯多德的几位老人聊。

老人们说,祖祖辈辈生活的地方,几代人把这个屋缝缝补补维系百年,不能不当三(方言,指不珍惜),生在这儿,死在这儿,离不开了。

罗从兵说,祖先选中这儿,是那个时候这里最合适,择善地而居,这体现了祖先的智慧,我们蒙福泽,很感恩。现在有条件选择更好的地方了,我们要学习祖先的智慧。

老人们说,庄稼地种了一茬又一茬,这里是根。

罗从兵说,国家政策好,现在多数土地已退耕还林,不用像过去那样守着庄稼等收获。山脚那里吃水、行路方便,会有更好的生活。

老人们说,国家只补贴一万元,建不起像样的屋。

罗从兵说,我们测算过,请石匠做一个石墩子(类似于砖的材料)8毛钱,砌墙的工人工钱一天15元,花个八九千就能修个新房子。只是装修,真要乡亲们自己贴点。

老人们说,鸡有鸡路,鸭有鸭路,我们就不信没得我们走的路。然后,他们抽起旱烟,沉默不言。

当时的情形对泽郎而言仍历历在目,也就是那个时候,他对罗从兵建立起认同感,"他句句说到了点子上。"泽郎何尝不想搬下去。退耕还林还草后,他一直打算买辆拖拉机出去跑运输,住在山上根本没地方停放。"老人们太倔,脑子不转弯呀!"

次日清晨,罗从兵与夏拉夺基兄弟俩一同下山,他们要去中心校上学。兄弟俩一人背书包,一人背馍馍。那个时候,学校食堂只能做午餐和晚餐,家长要为孩子备好四五天早上吃的干粮。

走了一会儿，兄弟俩累了。罗从兵接过两个包，帮他们背着。按照小孩子的速度，他们走到学校通常要四个小时。看到他们，罗从兵不由得想起自己的孤独求学路，这也是他与两个娃娃天然亲近的原因。

太阳河畔那处"神泉"颇为神秘，河水涨、泉水跌，河水跌、泉水涨，两个仿佛是矛盾不可调和的对头。村民说，泉水具有治病疗伤的功效，取回去供奉还能辟邪镇宅。每次走到这里，兄弟俩都要跨过扎满经幡的吊桥，舀瓢泉水泡馍馍充饥。

罗从兵接过瓜瓢，浅尝一口，有种酸甜的味道。"流水不腐……"下一句还没念出来，他突然想到一个问题，若是天热了，馍馍放四五天不变质？泽让南木甲一副懊丧的表情，"天热了就是要长毛（方言，指发霉），我哥说，沾点水擦擦接着吃，总不能饿着吧。"

罗从兵眼前一亮。他问："你们俩自己走到学校没问题吧？"两个孩子点点头。他放下包，急忙转身向斯多德奔回去。

他成竹在胸，要与老人们再交流一下，再讲讲心里话。

每一代人的奋斗，都是为了让子孙后代过上更好的生活。因为路途遥远，我们最看重的孩子不得不徒步几个小时去上学；因为路途遥远，体力不支，他们中途要休息很久，不得不就着泉水吃馍馍；因为路途遥远，他们一次要背四五个早上的干粮，哪怕馍馍发霉了，他们只能用水沾一沾，掰掉长霉的地方接着吃。可他们明明有机会少走路，吃更新鲜的馍。

老人们又沉默了。

许久，一位长辈说："我们搬，确实不该耽误娃娃成长。"又一位说："罗从兵，我们也不是一条筋。我们信了你的话，你讲的好生活好条件，一个个都要兑现呀！"

罗从兵连连答应："放心放心，党委政府说话算话。"

罗从兵在麦地沟村走访

罗从兵在松都村召开村民大会

老人们说："你的话，我们记在瓜瓢背背上！"

他心中的一块大石头终于落了地。

春风解冻，冰雪融化。鞭炮响起，声声震耳。那一批村民如期在开春时动工建房，罗从兵的身影活跃在建房现场。

借鉴先进经验，乡上为村民提供了新的房屋建设图纸。新式藏居在功能分区上做出较大调整，一楼不再设牲畜圈舍，而是建成房间，圈舍迁至庭院一侧。告别人畜混居模式，这对很多家庭而言是第一次。

石头是藏民居的主要建筑材料，罗从兵一有空就帮助村民背石块，还与木斯甲搞了一场劳动竞赛，看谁在规定时间内背得多。结果罗从兵败下阵来。木斯甲笑话罗从兵"干筋瘦壳"，他却说自己"干筋筋瘦壳壳，一顿要吃八钵钵"。愿赌服输，罗从兵午饭吃自带泡面，竟流露出一副十分享受的神情。

其后不久，太阳河乡实施了饮水工程。

太阳河是大金川河的二级支流，起源于毛日乡壳它村措森木海子，流经毛日乡毛日村、甲克村，太阳河乡松都村、麦地沟村，汇入绰斯甲河。

松都村、麦地沟村位于太阳河下游。上游是牧区，不仅牲畜在太阳河饮水，一些粪污也排放入太阳河。下游群众长期以来把太阳河作为饮用水来源，随着卫生意识的增强，人们近年来对其水质感到十分担忧。

乡上组织人马找到了新的水源地，是一处山泉。通过铺设管道，泉水进村入户。通水的那一天，人们用手掬起水、用瓢舀起水、用碗盛满水，激动地一饮而尽，要多甘甜有多甘甜。

七
不期而至的爱情

罗从兵是一个对家人报喜不报忧的人。偶尔回家看望父母，他向他们描述的太阳河乡仿佛世外桃源：春天野花竞放，夏天树木苍翠，秋天五彩斑斓，冬天洁净无瑕。波光粼粼的太阳河，像极了流淌着金子的河。

听闻儿子讲述，罗富荣的担忧减轻不少，尽管儿子有"眯到眼睛说瞎话"之嫌，但看得出他融入了那个地方。王正香高兴地追问："工作上的事我搞不清，你的啄啄呢？"有些金川老人把结婚对象叫"啄啄"。罗从兵无言以对。王正香接着嘱托："23岁的小伙，在姑娘面前莫要磨不开面子。你看跟你一块儿长大的，哪个没娃娃？"罗从兵听着头大。

别说王正香，组织上都为乡镇干部的婚事犯愁，特别是偏远地区，女干部占比很小，男光棍一抓一大把。他们说："遇到对的啥都不是问题，可遇不到呀！"领导也鼓励年轻人勇敢追求："成家立业，成家不在立业前面嘛，谁不是这么过来的！"

那个对的人出乎意料地来了。

地标建筑是一个地域的标志性名片。就算是小小的太阳河乡场镇，也有自己的地标建筑——乡中心校。"最美建筑是学校"，这一中国基层最常见的景象，无声却有力地表明了共产党人的初心和使命。

太阳河乡政府院落与乡中心校仅有几步之遥。每日清晨，听着传来的琅

原太阳河乡中心校,现为观音桥镇第二小学校

琅书声开启一天的工作,太阳河乡干部有着独特的"背景乐"体验。

罗从兵当过代课教师,对校园情有独钟。不驻村时,他下班后的最大乐趣便是与学校师生一起打篮球。

太阳河乡人口少,义务教育阶段的适龄儿童更少。乡中心校每个年级设一个班,总共60多名学生。自从夏拉夺基兄弟直接以姓名称呼罗从兵,"罗从兵"这个名字在学校就成了流行词汇。

每次看到他出现,大大小小的孩子都会高兴地叫嚷起来,一起喊"罗从兵来了""罗从兵来了"。他以"灌篮高手"的形象,赢得了孩子们的喜爱。

学生们调皮。冬季的清晨,他们拿着脸盆在操场站成一排,生活老师用瓜瓢逐一为他们添加热水。等洗漱完，他们最喜欢的环节到了。热腾腾的毛巾被他们用力甩到栏杆上，几乎瞬间冻结。太阳河乡的冬天，寒冷至此，孩子们却从寒冷中找到了快乐。

罗从兵格外关注夏拉夺基兄弟。他们家里条件差，平时没什么零用钱。罗从兵会以"跑腿"的名义让他们去小卖部帮自己买东西，剩余的就是哥俩的零花钱。通常十块购物款只花出去两三块。哥俩学习成绩在班上都名列前茅，每次从县城办事回来，罗从兵都会给他们带几本课外读物。

2005年秋天，太阳河乡中心校来了一位新教师，是罗从兵就读的威州民族师范学校的校友。她叫王志静，个头不高，模样清秀恬静，笑起来富有感染力，教语文。

罗从兵听说来了校友，十分上心，专门向人打听了一番。肖银兵凑到他耳畔轻语："老鹰要捕食啦。"罗从兵把食指放在嘴上发出嘘声，"老话说，雄鹰飞得再高，影子还在地上。我知道自己的斤两。"

话是这么说，他再来学校打球，就开始卖力地表演球技，突破、跳投、三分，余光不时朝操场边的人群中打望。那个时候，停电是家常便饭，学校操场同时兼有类似今天广场的娱乐和社交功能，学校师生、乡上干部及周边群众，或扎堆或三三两两聚在一块儿玩耍。

热情表演收效甚微，没有机会就创造机会。这天傍晚，罗从兵又来了，怀里多了个娃娃，只有几个月大的样子。他左转右转，等到王志静一个人时凑过去，略带"腼腆"地问："老师，能不能搭把手？我要去打球，帮我照顾一下娃娃？"

王志静仔细瞅瞅娃娃，模样十分可爱，便接了过来，顺道问："这是谁家的娃娃？"罗从兵笑着说："我的。我在乡上工作，我叫罗从兵。"

他就是罗从兵？王志静时常听学生们喊这个名字，她一直以为是哪个村的活跃村民。罗从兵捏捏娃娃的脸蛋说:"好好听王嬢嬢的话,不要哭。"

一个没结婚的年轻女子被称作"嬢嬢",王志静感到好气又好笑。她担心娃娃认生,自己照顾不好,哪知娃娃一副乐呵呵的样子。随后,她耐心抱着孩子,偶尔盯几眼球场,忍不住叹一句:"这个当爹的心真大。"

接连几天,罗从兵都抱着娃娃来找"王嬢嬢"照看。话不多说,送出孩子,自己便打球去了。王志静从奇怪变成了诧异:"他天天找我看娃娃是什么意思?"

她向要好的同事说了这件事,同事哈哈大笑:"罗从兵一个单身汉,哪来的娃娃?那个是他同事家的。"笑完,又补充一句,"你们两个单身,相互解救对方,挺合适的。"

罗从兵的心思,她终于明白了。

又一天傍晚,泽让南木甲领到一个富有挑战性的任务。他跑到学校旗杆下,用未来红遍网络的嗓门大喊:"王老师,王老师,乡上的罗从兵喊你过去。"

这话喊得全校皆知,效果强过校长的广播。王志静哪经历过这种阵仗,脸顿时就红了。她装作有些恼怒地说:"不去,不见!"

泽让南木甲急了,他假装要哭的样子继续喊:"王老师,王老师,你不去不行啊!"王志静更气了:"不想去!就不去!"

泽让南木甲使出撒手锏:"王老师,王老师,罗从兵要给我钱的,你不去,这一块钱我拿不到啊!"

王志静最终没去,但"一块钱喊王老师"的故事被人们笑谈很久。王志静倒没恼怒,反而开始关注罗从兵了。达到了预期目的,罗从兵再来打篮球,就不带着娃娃"工具人"了。

接触多了,罗从兵却有些打退堂鼓。王志静的家在金川县勒乌镇,是城里长大的姑娘，父亲还在县教育局工作，他担心成长环境导致两人差距太大，门不当户不对，又担心别人说自己"癞蛤蟆想吃天鹅肉"。

班主任罗志军再次给他莫大鼓励。他说："你耍朋友是朝着婚姻去的，'婚姻是两个人精神的结合，目的就是要共同克服人世的一切艰难困苦'。所以，重点不在于物质条件，不在于家庭环境，不在于成长经历，而在于你们能否心心相印。"

"婚姻是两个人精神的结合……老师你经历了什么，认识太深刻了！"

"呃，这是高尔基的话……他另外一句你熟悉，'蠢笨的企鹅，胆怯地把肥胖的身体躲藏在悬崖底下……只有那高傲的海燕，勇敢地，自由自在地，在泛起白沫的大海上飞翔！'那你是蠢笨的还是勇敢的？"

罗志军最后送他一句笑言："你是大师兄啊，防火防盗还能防住你？"

重新鼓起勇气的年轻人，以诚动人。王志静班上教室的门窗坏了，罗从兵跑来帮她钉好；寝室里的电炉坏了，他及时出现修理。但凡遇到困难，罗从兵总是那个值得依赖、想办法解决的人。有时，王志静跟着罗从兵及同事去巡山，一起制止乱砍滥伐森林的行为，一起查找火灾隐患。

两个人的关系逐渐升温。同事们打听进展，罗从兵秘而不宣；又去问肖银兵，肖银兵掐指一算，"有望有望，嗯嗯，把根留住。"在基层一线能找到对象，心安稳了，家安住了，不就把根留住了？

相处两个月，罗从兵打算表白心声，地点他早就想好了。

太阳河乡与毛日乡接壤处，有一处长约两千米的海子——撒尔足措，被当地藏民奉为神湖。传说很久很久以前，有一位年轻英俊的猎人把无意中拾到的一块美丽水晶石带回家中，从此每次打猎归来，房间已被收拾得干干净净，桌上还摆放着热气腾腾的饭菜。猎人极为好奇，偷偷在外守候，发现从水晶石中走出来一位美丽的姑娘。

故事的开端与"田螺姑娘"十分相似，结局却不同。当地土司垂涎姑娘的美貌，把猎人关了起来，逼迫他用姑娘抵换。猎人宁死不从，姑娘替猎人答应了土司的要求，她暗中告诉猎人，只需要在家里等待自己归来即可。在一个伸手不见五指的夜晚，姑娘施展法术从高山引来滚滚雪水，刹那间就将土司寨子淹没了。

令她没有料到的是，悄悄前来想助她一臂之力的猎人也被淹死了。姑娘伤心欲绝，哭干了眼泪依旧止不住悲痛。她不停地哭泣，一滴鲜红的血泪从眼中滴下来，落在猎人身上。奇迹发生了，猎人在水中变成了一条鱼，绕着姑娘来回游动。见此情形，姑娘毫不犹豫地也化身为一条鱼，他们共同生活在这个海子里。

人们为了纪念这段凄美的爱情，年年都会到海子边祭奠，到这里献上石刻经文，悬挂经幡，遍种柏树，为他们祝福祈拜，为自己祈求幸福。藏语"撒尔足措"就是"情人海"的意思。

罗从兵邀请王志静周末到撒尔足措游玩，王志静之前没听说过这个名字，到了之后才发觉是"情人海"，心里有头小鹿东闯西撞。罗从兵先是像个导游一样介绍景观，这里的海子由西向东潜流，夏季时而涌动如潮，时而平静如初，冬季湖面结冰，唯中心十几米不冻。

两人放眼望去，远处群山连绵起伏，近处海子清澈湛蓝，一边是茂盛高大的森林，一边是古朴的藏寨，头上白云飘飘，脚下草甸鲜美，风光无限美好。罗从兵拉住王志静的手，深情地诉说内心的爱慕。

"哪有你这样的？"王志静挣脱出小手说，"别以为我没听说过'情人海'，这里忌讳大声喧哗，马过摘铃，牛羊过不能扬鞭，你都不敢大声说出来，我才不上当！"

罗从兵揣摩着姑娘的话，虽然没答应，但是也没拒绝呀，想了想后不由得心花怒放。

神话故事中，英雄踩着七彩祥云从天而降，在最紧要关头扶大厦于将倾，救万民于水火，同时俘获姑娘的芳心。罗从兵之于王志静，也是在这样的时刻擦出爱的火花。

有一天夜里，王志静感冒加重，在学校宿舍内头痛欲裂。同事急得团团转，建议向罗从兵求助，"该他表现不能由他躲着。"王志静有气无力地说："三更半夜，找他没用，他又不是神仙，还是忍到天亮去看医生吧。"

同事隔一会儿就摸摸王志静的额头，高烧不退。"不能干等下去！"她躲起来偷偷打电话给罗从兵，"快想办法弄点药，再烧下去，你心仪的姑娘要变傻了！"

那晚下着雨，乡卫生院无人值守，罗从兵穿上雨衣，敲开松都村村民的

大暴雨后罗从兵与干部职工疏通道路

家门借了辆摩托，向距离学校20千米的观音桥镇疾驰而去。漆黑的夜里，一道微光在雨幕中蜿蜒移动。好在同事帮他联系到了镇卫生院，罗从兵顺利买到退烧镇痛的药。他一脚踩燃引擎，疾驰而返。

　　罗从兵心急如焚，恨不能转瞬之间就来到心爱的姑娘身边。但这鬼天气仿佛跟他对着干，路程行至一半，地上的碎石越来越多，再向前走，一小块山体垮塌——塌方了！罗从兵把摩托放到一边，挽起裤脚，毫不犹豫地攀爬过碎石堆，徒步向乡中心校走去。10千米的山路，不止息的降雨，罗从兵一身淋湿，满身是泥。当他拿着药，以这种形象出现在王志静面前，王志静被深深打动了，认定他是一个值得托付终身的人。

　　从那以后，两人确立了恋爱关系，太阳河乡少了两个单身的人。

　　王志静通常每周末回勒乌镇一趟。罗从兵帮王志静把衣服洗干净，叠放得整整齐齐，等她回来时交到她手中。有时，罗从兵赶去驻村，双方见不到，王志静就自己去乡政府把衣服取回来，内心依然被幸福感充盈着。

　　王正香听说了儿子的人生大事有进展，高兴得合不拢嘴，逢人便说："我那个娃儿能干得很，找啄啄都不用家里操心。"

八
打赢脱贫攻坚战的号角催征

2005年相识，2009年步入婚姻殿堂，罗从兵与王志静经历了四年恋爱长跑。这四年间，罗从兵迈出了人生中的重要一步，24岁当选太阳河乡人民武装部部长兼副乡长，在国家公务员体系中，属于乡科级副职。

人们欣喜地发现，副乡长罗从兵本色不变，还是那个干事冲在前面、把同吃同住同劳动当作常态的"泥腿子"，还是学生们口中那个"罗从兵"。

不是没有朋友给罗从兵支着儿，劝他用好副乡长的机遇和平台，锻炼两三年就进城或到条件更好的乡镇工作。罗从兵心领好意，回答："干好本职工作，听从组织安排，我就是一块砖，党让往哪搬就往哪搬。"

美丽的太阳河畔，夕阳西下时，多了一对年轻男女的身影。年轻人的话题，少不了兴趣、爱好和梦想。

罗从兵对王志静深谈过自己的人生规划。他坦诚地说："我父母都是老实巴交的山区农民，一个农民的儿子受到组织重视，给予了施展抱负的舞台，我很庆幸很感恩。我从未想过将来能做多大的官，我所希望的，是看到父老乡亲日子越来越有盼头，今天比昨天好、明天比今天好，越过越红火。假如我罗从兵努力工作，山乡变化中有我做出的一份贡献，我就无愧于党的培养，无愧于这个火热的时代，无愧于父亲的那句叮咛。"

那句叮咛说："你成了公家的人，要干好公家的事，不能白吃公家的饭，更不能丢炭厂沟村的人。"

罗从兵把初心种在太阳河，一生矢志不渝。

2011年8月，组织任命罗从兵为太阳河乡党委副书记。同年11月，29岁的他当选太阳河乡乡长，成为实职正科。2013年11月，罗从兵任太阳河乡党委书记，是年31岁，堪称金川县年轻干部的一面旗帜。

年轻干部是党和国家事业发展的希望。改革开放以来，我们党把培养教育年轻干部作为一项十分重要和紧迫的任务来抓，把在艰苦环境中锻炼年轻干部作为培养和识别干部的重要方法之一。邓小平同志曾指出："把年轻干部放到第一线压担子，这个路子对，不能只靠人家扶着。他们受到了锻炼，提上来别人也会服气。"

庄稼是群众的命根子，在高山上种出庄稼不易，养护好更不易。图为罗从兵查看农作物长势及地质灾害隐患等情况

条件艰苦、发展优势不明显的民族地区，存在基层干部队伍人数不足、质量不高、结构不优、梯次配备不合理等问题，优秀年轻干部引不进或留不住的问题比较突出。罗从兵的成长成才，为吸引年轻干部到艰苦山乡经风雨、见世面、受磨炼、强意志提供了鲜活案例。

罗从兵是现象，不是个案。他的初中同学罗小琴，后来到海拔4300米的阿科里乡工作，2019年底他们在马奈镇成为搭档，罗从兵是镇党委书记，罗小琴是镇长，后者还被中华全国总工会授予"全国五一巾帼标兵"荣誉称号。

受到组织重用，罗从兵丝毫不敢懈怠。县上部署的工作、群众期待的事项，从打通进村入户公路到发展特色优势产业，从冬春森林草原防灭火到汛期抢险救灾，从调解村民矛盾纠纷到开展法制宣传教育，罗从兵亲力亲为抓实效，忙得不可开交。

松都村的容婷一岁时父亲因意外去世，罗从兵听闻后多次前去看望，逢年过节自掏腰包三百五百地送去慰问金，勉励她的家人好好养育小容婷。后来，他认容婷为干女儿，一直牵挂和关心她的成长。

因为值班值守、交通不便等原因，罗从兵与自己家人聚少离多。金川当地有在男方女方家各办一场婚礼的习俗，他与王志静结婚时，小两口手头拮据，恰好王志静姐姐王志艳早几个月结婚，于是他们举办婚礼时，床上的被褥乃至气球、拉花等婚庆用品都是用的王志艳的。后来回忆及此，罗从兵说："你们不知道，我羞愧难当，在沙发上蹲了一晚。"这当然是他幽默的玩笑话。

2010年，他们的儿子罗忠轩出生，王志静从太阳河乡中心校调到了条件稍好一点的观音桥镇中心校工作。两个乡镇距离虽然只有20千米，罗从兵前去探望的时间却不多，偶尔要带点酥油等物资给母子，有时也只能托太阳河乡的群众顺路捎去。

面对妻子，他是真的无比愧疚。善解人意的王志静安慰他："你心里装着我们母子就好，你为国家付出，我为小家付出。"

硬汉罗从兵，眼睛湿润了。

一段波澜壮阔的历史进程，在鼓角齐鸣中拉开帷幕。

消除贫困、改善民生、实现共同富裕，是社会主义的本质要求，是我们党的重要使命。2012年底，党的十八大召开后不久，党中央就强调，"小康不小康，关键看老乡"，"重中之重就是扶贫工作做得怎么样"，承诺"决不能落下一个贫困地区、一个贫困群众"，由此拉开了新时代脱贫攻坚的序幕。

此后，党中央提出精准扶贫理念，创新扶贫工作机制。特别是2015年出台《中共中央国务院关于打赢脱贫攻坚战的决定》，进一步明确了打赢脱贫攻坚战的重大意义、总体要求、重要方针、重点任务、政策保障等。

从省到州到县，一级一级贯彻落实党中央决策部署。罗从兵看新闻，读文件，开会，学得心潮起伏、热血沸腾，他最大的梦想不就是让乡亲们过上更好的日子吗？

小康——中华民族自古以来孜孜不倦的追求，如今党中央明确给出小康时间表：到2020年，确保我国现行标准下农村贫困人口实现脱贫，贫困县全部摘帽，解决区域性整体贫困。

千年的小康梦想望之可及。罗从兵喜不自胜，急切地把干部召集到一起，传达学习中央精神和省州各级部署要求，分享他的学习心得，研究讨论太阳河乡抓落实的具体行动。

乡政府会议室内人头攒动，大家都听说了党中央的部署，谁不想过上富

罗从兵携带米面油慰问困难群众

第二章 初心种在太阳河

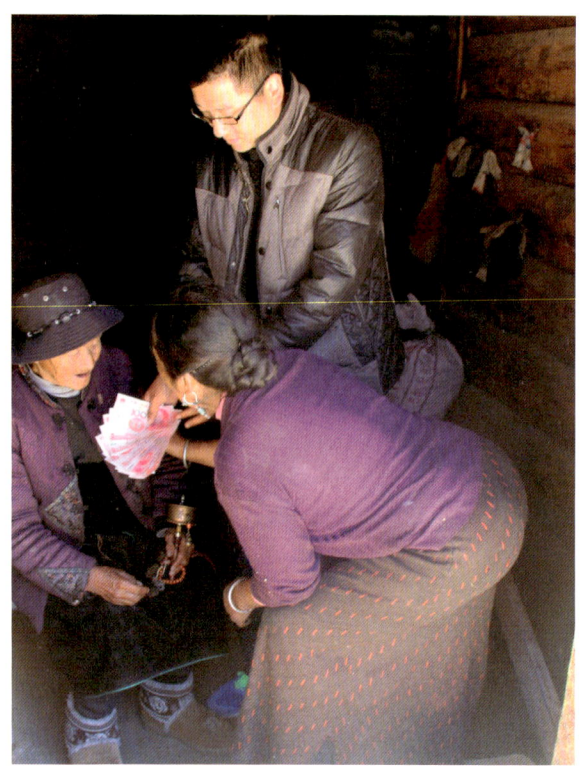

罗从兵看望麦地沟村村民俄斯甲,把党的温暖送到群众心坎上

足的好日子,谁不想人生有番大作为?每个人都摩拳擦掌。那时,年轻的杨顺发刚到乡上工作,他对罗从兵那股慷慨激昂的兴奋劲儿记忆犹新。

会议开始,酷爱历史的罗从兵从历史讲起。80多年前,中国工农红军在四川"打土豪、分田地",传播"红军是工农自己的队伍""共产党是替穷人找饭吃的政党"等理念,赢得人民的支持和拥护。阿坝儿女不仅跟着红军闹革命,还为红军筹粮2000多万斤,筹集牦牛等各类牲畜20多万头,为红军成功翻越雪山和走出草地做出了重要贡献,被毛泽东形象地称为"牦牛革命"。

共产党是信守承诺、为人民做实事的政党。中华人民共和国成立以来，在党的民族政策光辉照耀下，阿坝州从封建农奴制社会"一步跨千年"，迈入社会主义社会，千百年来被压迫的各族人民翻身当家做主，开辟了历史新纪元。改革开放以来，随着西部大开发等国家战略的实施，阿坝人民实现从温饱不足到总体小康、奔向全面小康的历史性跨越。

如今，党中央从全面建成小康社会要求出发，把扶贫开发工作纳入"五位一体"总体布局、"四个全面"战略布局，作为实现第一个百年奋斗目标的重点任务，做出了一系列重大部署和安排。

"小康小康，我们讲了多少年了，到底怎么算小康？"罗从兵向大家提问，接着掰着手指头自答，"党中央明确了，不愁吃、不愁穿，义务教育、基本医疗和住房安全有保障，达到'两不愁、三保障'标准，就是小康。"

作为乡镇负责人，他把话题转到太阳河乡："国家那么大，贫困人口那么多，这个政策能不能管到太阳河乡？我看，不仅能，而且有大利好。"

罗从兵分析说，新闻已经报道了，省委向党中央立下军令状，同步全面建成小康社会，不落下一个地区一个民族，不落下一户一人。"一个地区""一个民族""一户一人"，自然包含了太阳河的乡亲们。军中无戏言，兑现不了承诺，省上绝不收兵。

"打赢脱贫攻坚战不是撒胡椒面，重点在农村，难点在贫困地区，我们正好是贫困山区的农村，一定是政策的聚焦点所在。"

他激动地说："抓住用好这个机会，太阳河乡就能实现天翻地覆的变化，在我们手上创造新的历史，人们也会记住我们的苦劳和功劳。但是，如果没有干好脱贫攻坚工作，不仅会拖国家和全省的后腿，老百姓还会追究太阳河的罪人。罪人是谁？不用说，就是在座的我们了。"

"中央发号施令，脱贫攻坚战打响了，我们已经出征，马上就要迎来一

罗从兵在主题演讲比赛上向干部职工作动员讲话

场又一场硬仗。"罗从兵严肃地说,"要么成为英雄,要么成为狗熊,同志们没有退路,只能团结带领全乡人民去做历史的开创者、胜利的书写者!"

他的情绪感染了在场的所有人,大家跃跃欲试,要齐心协力在贫困的土地上干出一番新天地。

班主任罗志军主动给罗从兵打来电话:"现在正是个人理想融入国家发展的最好时候,赶上这么重要的历史阶段,可谓生逢其时。"已经成熟的罗从兵对班主任说:"真是瞌睡遇到枕头——求之不得,老师放心,我一定会把难得的政策机遇,转化为乡亲们看得见摸得着的发展实惠。"

他心情舒畅,不禁哼唱:"太阳河的天是明朗的天,太阳河的人民好喜欢……"

九
系好精准扶贫第一粒扣子

党的十八大以来的脱贫攻坚战，核心要义是精准。相对粗放扶贫而言，这场人类历史上规模最大、力度最强、惠及人口最多的脱贫攻坚行动，贵在精准，重在精准，成败之举在精准。

党中央明确"六个精准"要求：扶持对象精准，项目安排精准，资金使用精准，措施到户精准，因村派人精准，脱贫成效精准。

其中，扶持对象精准是前提，把贫困人口找到，把致贫原因找准，才能因户、因贫施策。围绕解决好"扶持谁"的问题，四川省做出部署，以2013年农民人均纯收入2736元的国家农村扶贫标准为识别标准，首先开展贫困户识别工作，为每一个贫困户建立专属脱贫档案。

太阳河乡的精准识别贫困人口工作开始了。

白天，乡干部分组到松都村、麦地沟村逐户走访甄别，深入了解群众生产生活情况，全面摸清贫困类型、贫困人口、贫困程度、致贫原因。

当时全国流行"五看"识贫口诀：一看房，二看粮，三看劳动力强不强，四看家中有没有读书郎，五看家中有无病人躺在床。太阳河又加了"一看"，六看收入来源有没有保障。

虽然"贫困"不是一个光彩词汇，但"贫困户"的头衔意味着获得更多帮扶资源，罗从兵十分担心出现村民削尖脑袋往里钻的现象。

公开透明是公平正义的基础。省州各级政府要求严格执行农户申请、村民代表大会民主评议、村委会审查公示、乡镇人民政府审核公示、县级人民政府审定公告（即两公示一公告）的工作流程，确保识别出来的是真正的贫困户，经得起群众和时间的检验。

工作推进中，麦地沟村党支部书记勒尔乌感到十分为难。

麦地沟村全村60多户人，有三四十户申请成为贫困户，申请率高达百分之六七十。他略带自嘲地说："申请是你们的权利，但大家别卷起舌头说话，这些年成绩还是很好的嘛，你们那么跳颤（方言，指活跃）、一哄而上……显得我真是白干了！"

勒尔乌更觉棘手的是，罗从兵有位入赘到麦地沟村的堂弟，也申请成为贫困户。大家认为："啥是亲戚，关键时候不拉扯一把能叫亲戚？"那位堂弟在大家眼中，仿佛铁板钉钉占了个名额。

勒尔乌把情况报告给罗从兵。罗从兵说："太阳河乡谁家情况我不清楚？你们按时召开村民代表大会进行民主评议，我来参加。"

村民对这一天充满期待，看看罗从兵怎么一碗水端平。

麦地沟村委会难得齐聚如此多村民。乡上来的人不仅有党委书记罗从兵，还有很多在岗干部。

评议前，罗从兵先讲了一段话，他说："脱贫攻坚政策是国家的政策，国家资源不是无限的，好钢必须用在刀刃上。哪户人能成为贫困户，一要符合政策条件，二要乡亲们信服。"

怎么让乡亲们信服？

乡上决定麦地沟村的民主评议采用打分制。评委——确切说是评委团，由乡干部、村组干部、村民代表等组成，他们手中拿到的评分表，将贫困户甄别涉及的住房条件、种养业发展、劳动技能、就业情况等要求，逐一细化为不同

最低生活保障关系困难群众基本生活权益，罗从兵与乡干部一起研究如何规范化执行政策，确保政策落实不走样

干部职工下村开展工作前，罗从兵再次交代工作任务及注意事项

的分值选项，打钩划定分数。比如，住房条件这个大项设置20分，又具体细分为不同房屋类型：是严重危房，还是有裂缝的？是位于地质隐患点的，还是交通不便的？条件越差分值越高。最终得分，取全部评委的平均分。

村民听闻规则是大家共同定，纷纷"哦呀哦呀"点头称是。谁家房子状况如何，种养规模大小，不是和尚头上的虱子——明摆着的嘛，人人心知肚明。

这还不是全部。政策规定了一些特殊群体不能纳入贫困户。简单说，家中有财政供养人员的不能纳入，有现任村干部的不能纳入，有商品房、政策性住房、城镇自建房的不能纳入，有私家车的不能纳入，有经营公司、在县城或乡镇做个体工商户的不能纳入，等等。

轮到评议罗从兵堂弟时，村民瞪大了眼睛，哪知罗从兵直接叫停了进程。他说："他们家的情况我知道，有一辆面包车，按照政策是不能纳入贫困户的，不用评议。"

什么？他堂弟家连评议资格都没有？这出乎所有人的意料。罗从兵把几种不能纳入贫困户的情况详细解释了一遍，立即就有群众主动撤回贫困户申请。

做事公平公正，对群众一视同仁，人们打心眼里对罗从兵信服了。

经过打分评议，麦地沟村共有20户人家被确定为建档立卡贫困户，所有村民对这个结果均无异议。

太阳河乡从一开始就系好了精准扶贫的第一粒扣子。

脱贫攻坚战场上，基层干部在宣讲扶贫政策、整合扶贫资源、分配扶贫资金、推动扶贫项目落实等方面起着关键作用。

脱贫有多难，干部就要有多拼。干部的状态会影响群众，影响工作成效。罗从兵在生活上无比随和，可一旦抓起工作来，则展现出他带队伍抓管理严厉的一面。

罗从兵要求大家保持啃硬骨头的干劲，乡上少开会、多落实，把时间留在进村入户解决问题上。当然少开会不是不开会，但凡通知重要会议，干部必须准时，迟到早退要有相应处罚。

勒尔乌没料到，他竟成了第一个被罚的人。

那次，勒尔乌来到乡政府时，会议已经进行了约莫半个小时。他有些不好意思，蹑手蹑脚溜进会场。会议室就那么丁点大，又能瞒过哪双眼睛？

罗从兵停下讲话，批评道："勒尔乌书记，你再晚一会儿，直接去伙食团（方言，指食堂）报到吧。"勒尔乌带着笑解释："我们村路远，我现在到了，耽误不了多少事。"

但接下来，勒尔乌感到罗从兵"小题大做"了。他听到罗从兵说："你迟到半小时，错过的内容会后要开小灶补。如果人人像你，乡干部以后不用干别的了，专门搞一对一辅导？那脱贫攻坚谁干，喊喊口号天上就掉馍馍？"

勒尔乌笑容僵住了，脸色铁青，坐到位子上。

罗从兵接着说："你是老党员、老辈子（方言，指长辈），理应为年轻人做示范。没有规矩不成方圆，按规矩办，扣发你这个月的高温补贴。"

"扣多少？"

"全部！"

参会人员小声议论，左右咬起耳朵。

罗从兵环视会场，气氛安静下来。他说："每一名共产党员都要遵守纪律，如果党组织说了不算、定了没人干，那我们对群众的承诺，一项也实现不了。干部想着安逸、受迁就，队伍只会软弱涣散，面对困难人人退缩，群众谁会跟我们上？今后绝不允许再有这样的事情发生！"

……

勒尔乌一肚子火气，自己50多岁的人，干了半辈子村干部，脸面丢完了。他决定找罗从兵闹,坚决讨个说法。

会议一散,不用罗从兵点名,勒尔乌直接跑到罗从兵的办公室等着,"这事没完!"

罗从兵夹着笔记本回来,马上像换了个人似的,进门就喊:"勒尔乌书记,还生气哪,我给你倒杯水,消消气。天热,不宜动怒。"

勒尔乌也不客气了,说道:"罗书记,你刚到太阳河乡我们就认识了,你到麦地沟来,经常住在我们家,亲如一家了吧?我们这么熟,我一个老同志被你在大会上批评,脸往哪儿搁?"

罗从兵把水杯放到勒尔乌身前,笑着回应:"我的表叔,就是你这些年全力支持我工作,你了解我的为人,我今天批评你才没有负担,你知道我没坏心思。"

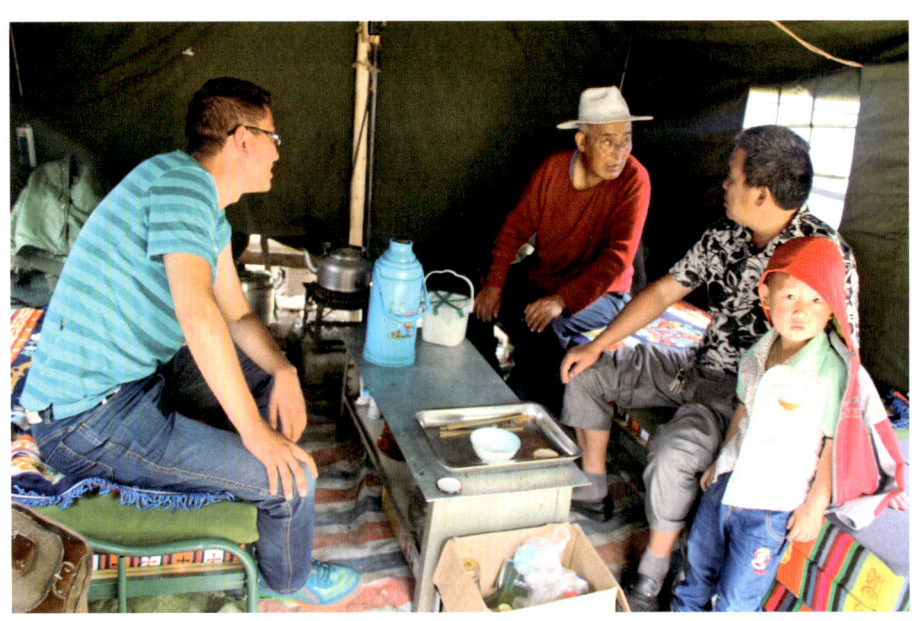

罗从兵在慰问村民邱麦

罗从兵在看望五保户聋哑人阿果楼尔甲

"是,我知道你今天是要立规矩,拿我开刀。"勒尔乌愤愤不平。

"表叔,给你说句掏心窝子的话,我最怕出现一种情况,明明我们努力一把,就能得到好的结果,可因为我们一切停在谋划上,会也开了、事也定了,结果干部只愿当'甩手掌柜'、当'二传手'、当评论员,有人指手画脚,没人狠抓落实,最后一切打了个水漂。你说值不值?"

"好嘛,就算我理解你罗从兵,你有必要扣我一个月的高温补贴?"勒尔乌嘴上不肯服软,心中愤懑消了不少了。

"会上定了,这回只有委屈表叔认了。走走走,我自掏腰包,请表叔到馆子里吃好的去。"罗从兵拉着勒尔乌往外走去。

共事12年多,这是勒尔乌与罗从兵仅有的一次争吵。事后,他们依旧是很好的朋友。勒尔乌说,一心为公、光明磊落的人,值得敬重。

十
留下一个蒸蒸日上的太阳河

罗从兵在乡办公室挂起一张脱贫攻坚地图，这张地图是他自己绘制的。乡道粗、村道细，弯弯曲曲的道路旁，标注着2个村45户贫困户的位置以及致贫原因，有些是因病、因残或因学，有些是缺土地、缺资金或缺劳动力，也有些是自身发展动力不足。

罗从兵指着地图对同事说："这是我们的作战地图，上面标明了贫困的'上甘岭'，我们就算脱层皮，也要攻克下来，帮助乡亲们高质量脱贫。"

罗从兵仅凭记忆就把地图绘制了出来，杨顺发对此佩服不已。罗从兵十几年如一日联系、服务群众，把每户人家装进脑中挂在心上，才会胸中有丘壑，笔下有乡亲。

有一次，县脱贫攻坚办通知杨顺发提供所有贫困户的联系方式，时间十分紧急，他只好向罗从兵求助。罗从兵一脸轻松地说："你念名字，我说号码。"

杨顺发每念一个名字，罗从兵便报出电话号码。"天，一本行走的通信录！"杨顺发惊叹不已。

"太阳河不流行拍马屁，我倒是可以传授个诀窍给你。"罗从兵说，"你把群众当爹妈，把为群众办事当作为自己屋头（家里）办事，就什么都记得住。"

脱贫攻坚到底为群众办什么事？

对照国家提出的"两不愁、三保障"目标，四川进一步细化为"一超六有""一低五有"标准。前者为贫困户脱贫标准，即要做到年人均纯收入稳定超过国家扶贫标准且吃穿不愁，有义务教育保障、有基本医疗保障、有住房安全保障、有安全饮用水、有生活用电、有广播电视；后者是贫困村退出标准，即要做到贫困发生率低于3%，有集体经济收入、有硬化路、有卫生室、有文化室、有通信网络。

标准明确，工作就有了着力点，贫困村、贫困户缺啥补啥。

罗从兵内心被一股强大的力量充盈着。这是一股看得见的力量，为了攻克贫困堡垒，省州各级政府尽锐出战，为每个建档立卡贫困村配备一名联系领导、一个帮扶单位、一名第一书记、一个驻村工作队、一名农技员。群众评价：来的全是精兵强将。

罗从兵冲在一线，既是"指挥员"，又是"战斗员"，还是"服务员"，恨不得把自己一个人当几个人用。但无论多忙，他每天都要抽时间与王志静通电话，询问她和儿子的状况，也谈谈太阳河的变化。

他有时讲太阳河乡的硬化路通到了阿科里乡，可以坐车到海拔3800米去看美丽的情人海了；有时讲村民种植的中药材品种增加了秦艽，它不仅花朵鲜艳，结出的果实还是"脱贫良药"；有时讲谁家政府补贴的犏牛生了小牛，犏牛主人乐得合不拢嘴；有时讲乡亲们改厨、改圈、改厕、改水，在新建的小广场上跳起锅庄，生活方式越来越文明健康……

王志静清楚罗从兵的性格，他从不向家人讲自己的付出、承受的压力、遭遇的委屈，但听闻他所挚爱的事业取得进展，王志静跟着高兴起来，就像是与心爱的人徜徉在情人海、行走在鲜花盛开的药田、亲手抚摸着新生的牛犊一般。

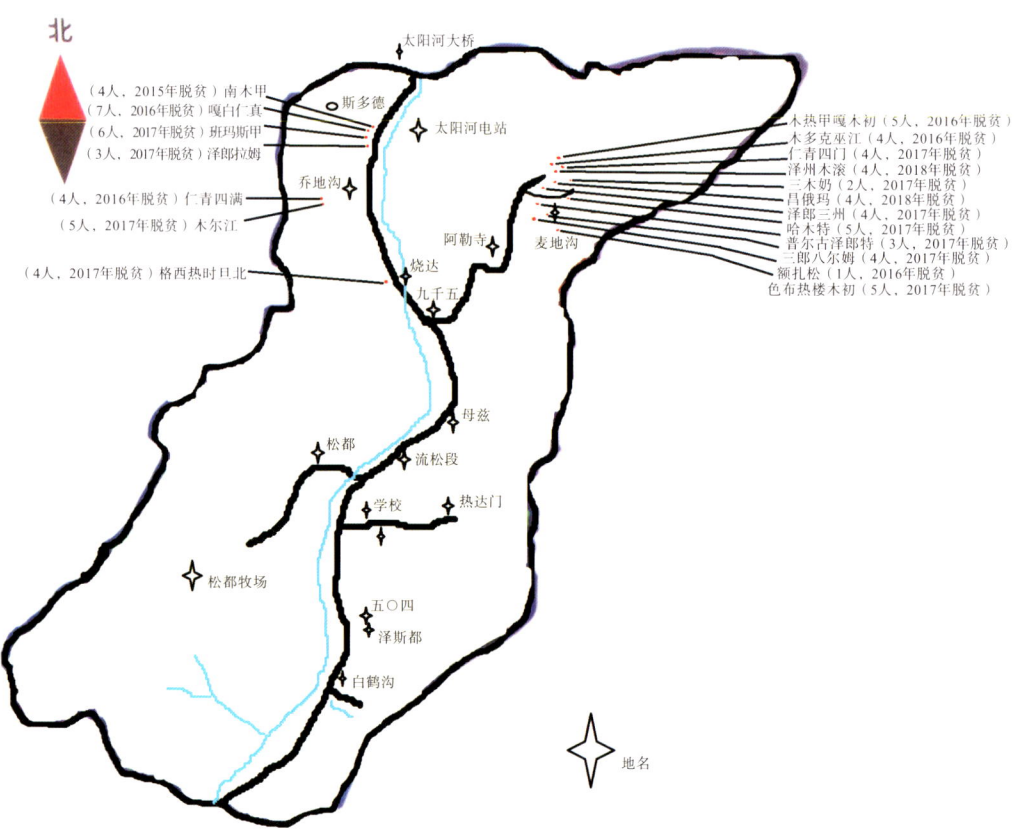

麦地沟村脱贫攻坚作战图（同事根据罗从兵手绘图制作）

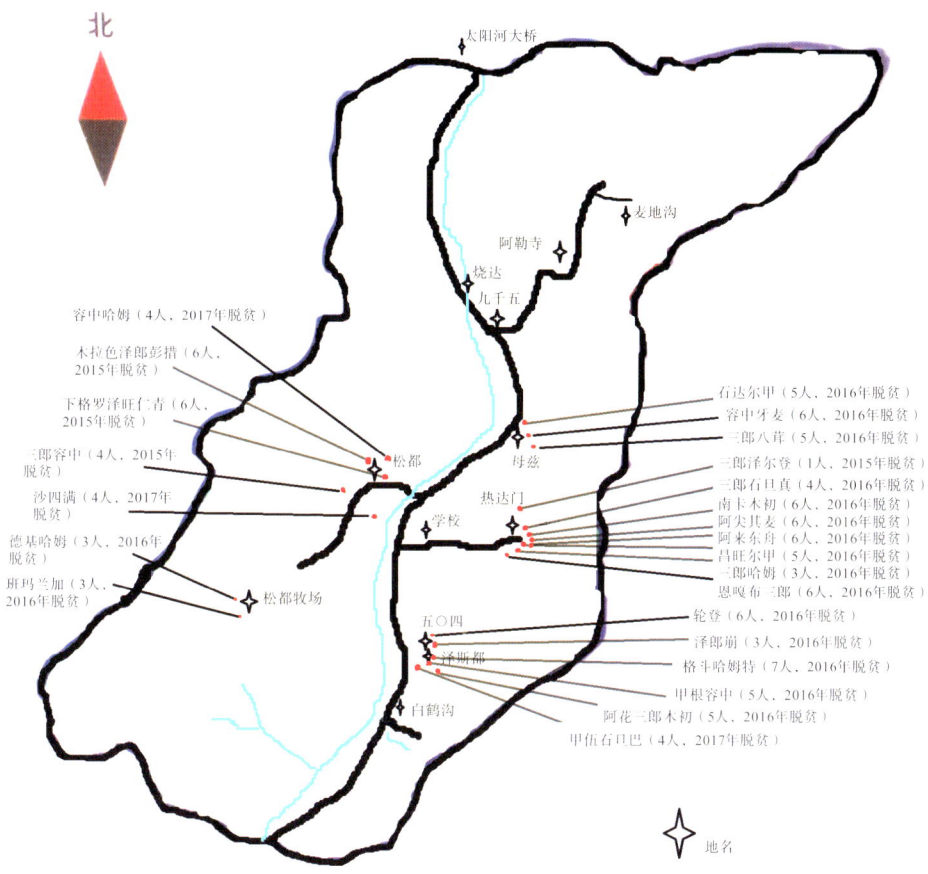

松都村脱贫攻坚作战图（同事根据罗从兵手绘图制作）

罗从兵睡眠不好，喜欢在夜深人静的时候思考。有个问题萦绕他脑海很久——太阳河的未来在何方？

这些年，乡上外出务工的青壮年越来越多，这对脱贫攻坚无疑是件好事。"一人就业、全家脱贫"已被证明是条增加收入的有效路径。但任何事物都有正反两面，农村劳动力减少，同样意味着农牧业发展支撑力越来越弱。

要说心中没有答案，那是假的。他一直心存期待，"美丽"不仅是一个形容词，更是一个动词，美丽乡村造就"美丽经济"。阿坝州交通条件好的地区，红原、若尔盖、九寨沟，早已靠旅游业走上了致富路，太阳河行不行？

太阳河的美，藏在深闺人不识。这里峰峦叠翠，沟谷幽深，溪河飞瀑，古木参天，高山流水相映成趣，拥有丰富的自然人文景观和动植物资源，是如诗如画的人间秘境。

当金川县提出打造观音桥4A级景区、申报太阳河谷国家级森林公园时，罗从兵感到千载难逢的机会来了。不是一方山水养不好一方百姓，而是绿水青山尚未转化为金山银山。

他笃信，迟早有一天，太阳河会像金川的雪梨一样，享誉四方。

发展旅游业，有许多打基础利长远的工作要做，功成在将来，但不早点迈出这一步，功成可能会在更远的将来。

结合脱贫攻坚，他走村入户宣传旅游理念，动员有条件的群众开办"藏家乐"。当初送护林员罗从兵前往县城的容中勒尔乌，此时成立了太阳河生态度假旅游农民专业合作社，尝试抱团发展。

经过一点一点宣传破冰，微博、微信公众号以及旅游网站关于太阳河的旅游体验文章、绝美大片多了起来。人们惊叹，太阳河谷是圣洁神秘的自然

太阳河如今已成为景区,图为景区风光

行走的光芒
记基层好干部罗从兵

太阳河寨子

遗存。

罗从兵说，人们到太阳河不仅要欣赏美景，还要体验百姓如何生活，每家每户都是太阳河的脸面。

他不厌其烦地宣传文明新风尚。看到谁家院子乱了，便拿起扫帚仔仔细细将院坝清扫干净，并把农具一一摆放整齐；看到谁家桌面、碗柜、洗衣机上灰尘多，便拿着帕子擦干净。

乡亲们记住了罗从兵那句话："守住家乡美，捧出'金饭碗'。"

从21岁到34岁，罗从兵在太阳河乡经历了最宝贵的成长阶段，他与当地干部群众融在一块儿、干在一起，人们甚至都觉得他就是土生土长的太阳河人，从未想过他会离开。

2016年6月，罗从兵调任马尔邦乡党委书记。这一年，松都村退出贫困村序列，成功"摘帽"。麦地沟村于次年整村脱贫。

来时孑然一身，走时恋恋不舍。行前，罗从兵特意在太阳河畔独自站了一会儿。12年多的光阴，如奔腾的河水，一晃而逝。这里的一山一草、一户一人，已深深融入他的血脉，成为他生命不可分割的部分。

再见，太阳河！再见，亲人们！

他打算静悄悄地离开。但车子行至太阳河河口，走不动了。河口烧达桥上，站满了太阳河的群众。走过烧达桥，就算出了太阳河。人们在那里欢送好书记罗从兵。

勒尔乌第一个走上去为他献上哈达，和他紧紧拥抱。勒尔乌说："罗书记，你把最好的青春奉献给了太阳河，乡亲们都感谢你！我们住进了新房，喝上了干净水，过上了好日子，时时记着你的好！"

说着说着，勒尔乌的眼泪就流了下来。

罗从兵握着他的手，哽咽着说："表叔，谢谢你的支持和宽容，谢谢乡亲们帮助我工作，和我一起建设太阳河……"

人们一个个走上来，向他敬献哈达。罗从兵整个人快被乡亲们的哈达挂满了。他再也抑制不住自己的情绪。

泽郎替儿子夏拉夺基献了一条哈达。夏拉夺基已在邻近的毛日乡政府工作。泽郎说："如果没有你，夏拉夺基现在就是个放牛娃。"

那年，夏拉夺基中考失利，准备放弃读书。罗从兵赶到他们家里做工作，他说："读书不是人生唯一的选择，却是最好的选择。相信哥，你是个读书的苗子。"夏拉夺基听从建议，考取了威州民族师范学校，后来又考取了学校"3+2"大专班。

松都村村民容中哈姆讲起自己的女儿甲特泽让。厌学的甲特泽让也是在罗从兵的鼓励下，进入了金川县女子体校，爱好运动的她在阿坝州中小学生运动会上，跑出了女子组200米、400米第一名的好成绩。

罗从兵欣慰地长舒一口气。从过去乡干部千方百计劝家长让子女读书，到如今家长想方设法让子女读书，这种转变，就是太阳河乡最可靠的未来。

第二章 小康照进马尔邦
Chapter 2

XIAOKANG ZHAO JIN MAERBANG

一

砍亲戚花椒树的"恶人"

2016年是市县乡领导班子换届之年。中共阿坝州委高度重视,专门印发《中共阿坝州委关于认真做好乡镇领导班子换届工作的通知》,对选好配强乡镇领导班子提出明确要求,强调了干部选任的三个突出导向——

突出政治标准导向,选"靠得住"的人,注重使用那些在维护民族团结、反对民族分裂等重大问题上立场坚定、旗帜鲜明,处理复杂事务和应对突发事件能力较强,关键时刻敢于发声、敢于亮剑、行动果敢的优秀干部;突出工作实绩导向,选"有本事"的人,注重使用那些在转方式、调结构上有好举措,在谋长远、打基础上有新思路,在抓改革、促开放上有大突破,在惠民生、保稳定上有好办法,真想事、真干事、脚踏实地、业绩突出的优秀干部;突出聚力基层导向,选"沉得下"的人,注重使用那些在艰苦地区、复杂环境下躬身实践、心系群众、埋头苦干,能够与基层群众同甘苦、共患难,能够在基层发现问题、分析问题、解决问题,能够在基层打开局面、推动工作,群众公认的优秀干部。

换届前,金川县委经慎重研究做出决定,将罗从兵从太阳河乡调至马尔邦乡任党委书记。这是对他能力的认可,也是将更重的担子压到了他肩上。

马尔邦乡位于金川县南部，面积120平方千米，只有太阳河乡一半大，但人口规模却是太阳河乡的两倍。马尔邦乡下辖八角塘、独足沟、白纳溪3个建制村，共计440多户、1400多人，其中贫困户91户、302人。

县委主要领导与罗从兵任前谈心谈话时提醒他，尽管马尔邦乡经济实力强于太阳河乡，拥有更好的发展条件，拥有更多发展机遇，但也可能会面对更为复杂尖锐的矛盾。巴底水电站已获国家发展改革委"路条"，建设范围涉及马尔邦乡。作为乡镇一把手，一方面要切实听取群众利益诉求，另一方面也要引导群众合理合法表达诉求，坚决避免发生影响社会稳定和发展大局的事。

"绝不能占着位子不干活，拿着俸禄不理事。"县委领导把话说得很重，要求罗从兵尽快进入角色，把苦功夫下在抓落实上，看准了不放手，干不成不松手，干不好不丢手，想方设法干成功，用实实在在的行动赢得群众的认可和拥护。

照搬过去的经验做法，常被批评是"路径依赖"，但有个路径却是被历史经验和现实经验一再证明需要长期坚持和发扬的，那就是党的群众路线。

从群众中来，到群众中去。罗从兵用几周时间，翻山越岭把所有贫困户走访了一遍，"邓伯""苍孃孃""老张"喊得亲切，丝毫没有官架子。

他到马尔邦乡后不久的一天，准备前往位于高半山的独足沟村，但天降暴雨，雨水裹挟着滑坡的山体形成泥石流，将道路冲毁，独足沟成为孤岛，一时告急。

罗从兵放心不下，雨后和同事走了四五个小时来到村上。当他出现在乡亲们面前时，大家惊呆了：这个满身是泥、手上遍布伤痕的人，就是新来的罗书记？

他与村干部简单交流情况后，二话不说，拿起铁锹，蹚进泥泞，与乡亲们一起清路面、修堡坎。村支部书记米平元一看这架势，就知道罗从兵是干过活的老把式，"跟个老农民似的，吃得来苦，作风扎实哪！"

乡亲们心里踏实了："党给我们派来了个好干部。"

国道248线（原省道211线）由北向南纵贯金川，既是当地经济发展的大通道，也是民生保障的生命线。

山区河谷一带的农村，房屋多修建在交通干道两侧。马尔邦乡八角塘村正在公路沿线，村民还把花椒树栽种在了路旁。

花椒树还小时不觉有什么问题，三五年后枝叶向外蔓延，占据小半条公路，严重遮挡行车视线，对通行车辆和人员安全带来较大威胁。

县上要求马尔邦乡尽快清理这些花椒树。罗从兵来之前，这项工作的推进遭到八角塘村群众反对，搁置了很长时间。干部碰一鼻子灰，群众也满腹委屈："种的时候你们不制止，现在进入挂果期了，你们说砍就砍？损失哪个赔？不赔钱，老天爷来了也不让砍！"

一番调研后，罗从兵召开会议研究解决问题的办法。村干部为难地说，公路沿线栽种花椒的群众较多，现在去砍不是跟群众对着干、走到对立面去了？

罗从兵抛出了他深思熟虑的看法，建议从四个方面去做工作。一是明确告知《中华人民共和国公路法》《中华人民共和国公路安全保护条例》明文禁止在公路、公路用地范围内种植作物；二是解释清楚公路用地属于国家建设用地，不属于集体经济类型土地，村民占用公路用地栽种作物是违法行为；三是如果造成交通事故，车主向村民索赔，村民接不接受？是不是因小失大？四是这条路乡亲们自己走得最多，及时清理其实是保障自身安全。最后他定了一条，凡是村组干部、党员家有人栽种的，带头清理。

会后，乡、村干部结合会议精神，按照分工前往沿线农户家中做工作。罗从兵径直来到二哥罗从华家。罗从华入赘八角塘村，与当地人韩英结为夫妇。罗从兵说明来意："二哥、二嫂，群众对砍花椒树这件事意见很大，但又确实该砍，我是乡上的干部，砍树就从我们自己家砍起，希望你们理解支持。"

这已是二嫂韩英第二次听罗从兵说"理解支持"这样的话了。

他刚到马尔邦时与二哥二嫂吃饭专门强调："我们在马尔邦的亲戚多，家里人希望从我这儿找方便行不通。我是党的干部，一双双眼睛盯着我呢。二哥二嫂一定要理解支持我的工作。"

他还交代二哥，巴底水电站正在推进前期工作，一定不能想着为了将来多拿点拆迁赔偿款，突击加盖自家房子，去干违反政策的事。"我们家人开了这个头，这股风刮起来肯定刹不住。只要我在马尔邦一天，我就要管到底。"

听了这些话，韩英心中多少有些气：我们还没开口，你先把路子堵死了。

另一方面，她又确实觉得这个兄弟不容易。罗从兵与王志静长期两地分居，儿子已经6岁，有时周末他把儿子接到乡上来，他自己顾不上，就请韩英帮忙照看。70多岁的婆婆王正香有时打电话来，希望韩英能帮罗从兵洗下衣服。罗从兵为什么这么忙？韩英还是想通了："农村人过啥周末啊，找乡干部不是随时随地的事？"

王正香的娘家也在马尔邦。罗从兵离开二哥家，又去做舅舅王国军的工作。

砍花椒树的事终于敲定了，罗从兵带着乡干部行动起来。他对村支部书记秦志刚说："村组干部跟群众处鼻子处眼的（方言，指抬头不见低头

罗从兵与同事正在整治国道248线环境卫生

见），得罪人的事情让乡上来，你们都莫去。"

秦志刚不同意，说："我也是共产党员，不能有困难就躲呀！"罗从兵说："你们在这土生土长，跟群众感情深，今后发动群众还要靠你们。我们乡上干部是流水的兵，不怕得罪哪个。"

秦志刚听了心里暖洋洋的，但还有点怀疑："是不是刚来，故意表演给我们看的？"

那天，不少村民来看热闹，看罗从兵有没有给亲戚开后门，是不是真正为人民服务。

镰刀、弯刀朝着花椒树一刀刀砍下去。第一户，二嫂韩英家；第二户，二嫂娘家；第三户，舅舅王国军家……一路毫不犹豫。中途有户群众听说在砍自家花椒树，急匆匆赶来阻挠。有人提醒："你去看看，罗从兵先砍的是他自家亲戚的。"那户群众说："真是个下得了手的'恶人'！他家亲戚多，砍不完不能动我的！"

果然，罗从兵亲戚家种在路旁的花椒树全砍完了，群众再无二话，纷纷配合。一条宽敞、明亮、安全的大道呈现在大家眼前。

为什么搁置那么久的事，罗从兵来了就能推得动？马尔邦的干部认真思考了这个问题。他们认为，罗从兵面对矛盾不退缩，关键时刻敢于担当敢于作为，办事公道，不厚此薄彼、亲疏有别，把人心盘顺了，就把难关攻克了。

罗从兵在工作笔记上这样写道："没有栽不下的树，只有立不住的人。"

马尔邦乡就像一个"亲戚窝"，罗富荣最早听闻儿子到那里工作，内心是不赞同的。他专门找罗从兵聊："你去，亲戚免不了找你办事，让你给他们开后门，你开，得罪群众，不开，血脉亲情早晚给你玩完，弄不好就里外不是人。"

罗从兵笑着说："阿爸，你考虑得很对，但我还能跟组织上讨价还价？说我本事不够，处理不好亲戚关系？"

罗富荣沉思一会儿，笃定道："你是公家的人，公家说了算。上阵父子兵，我先一家家给他们打招呼去。"

有段时间，舅舅王国军不搭理罗从兵了，因为他找外甥办的事落空了。

国家为保障农村困难群众的基本生活，建立了农村居民最低生活保障制度。纳入农村低保的对象，每个月可以获得几百元的补助。

王国军想申请成为低保户，他让罗从兵给村上打声招呼："乡上书记的

罗从兵在独足沟村调解村民纠纷

话,村上敢不听?"

罗从兵直接拒绝了舅舅的请求。他说:"低保资金必须留给最困难的群众和家庭。申请低保户首先要符合条件,其次要经过村民民主评议,还要公示,以你们家的条件,找哪个都过不了关。"

但凡涉及政策和资金,罗从兵就会绷紧廉洁自律这根弦。

被外甥拒绝,王国军十分怄气。砍花椒树那么难的事,我跟你打好配合,现在轮到你帮我,你打声招呼都不干,这外甥算是白疼了,一点亲戚味都没有。

外甥不认舅舅?告状去。

王国军在电话中把事情的来龙去脉向姐姐王正香、姐夫罗富荣叙述了一遍，强烈要求他们好好管教自己儿子。

哪知，罗富荣听完，劈头盖脸把王国军批评了一番："违反公家政策的事，谁也不能做！老辈子支持晚辈工作，本该如此。再说花椒树那件事，你们早先不在路边乱栽，还用罗从兵带头砍？"

一盆冷水泼来，王国军更郁闷了。

后来，还是能说会道的韩英解开了王国军心头的疙瘩。她说："前阵子有个邻居找到我，让我去给罗从兵说说，给她评个贫困户。要是给你开了口子，这家子评不评？都这样，他罗从兵还有没有威信？那样早晚让群众给告倒。现在在外人面前提起罗从兵，你脸上有光，浑身是劲。要是有天他被告倒了，你丢得起这个人？"

王国军叹口气，"就知道找罗富荣也没用，他们俩爷子是一个模子刻出来的。我那个姐夫，大公无私一辈子，到老了都没学会胳膊肘往里拐。"

二

云上有村白纳溪

金川县高半山村和偏远牧区村海拔高,贫困面广,致贫原因复杂,是脱贫攻坚最难啃的硬骨头。马尔邦乡白纳溪村就是其中一个典型代表。白纳溪村有"四弯之地"称谓,即山弯、水弯、地弯、天弯,盘山村道要拐七八十个弯才通到村里。2014年建档立卡时,全村63户、223人精准识别出21户贫困户、69名贫困群众,贫困发生率高达30.94%。

乡干部严红萍一毕业就到马尔邦乡工作,比罗从兵早来一年。这一天,天刚刚亮,薄雾缭绕,她跟着罗从兵前往白纳溪村。

这是罗从兵第一次爬上这个高半山村。从山脚到村委会的盘山路曲曲折折,不少爬坡弯道汽车一盘子根本开不上去,身后即是悬崖峭壁。司机小心谨慎倒车,退出合适的转弯空间,乘车的人脚指头都抓紧了,连连嘱咐着"注意注意"。

白纳溪村委会所在地海拔2700米,云遮雾罩,如梦如幻,村子仿佛坐落在云海之上。

与村支部书记王德寿握手时,罗从兵脱口而出:"他们都对我说白纳溪村在乡上有'三最',位置最偏远、自然条件最恶劣、经济基础最差,我感到还得加'一最',路上最惊心动魄,连个护栏都没有。"

王德寿解释:"这条路以前主要用于步行和赶牲口,偶尔跑跑农用车。

谁想到有一天汽车会开进来？这下路就显窄了，错车也难。"

罗从兵说："就现在这情形，步行也不稳当，碰到雨天路滑，更危险。增加护栏和错车道这件事人命关天，刻不容缓。我想想办法。"

站在白纳溪村委会，可以俯瞰被群山包裹的大金川河谷。大金川河两岸地势开阔，栽种的梨树绵延百余里，足有十几万株。

王德寿望着河谷，不无羡慕："我们眼巴巴看着下面的群众过好日子。同处一座山，山上山下好像两个人间。"

罗从兵给他鼓劲："州上有人社局、州委编办、州政研室定点帮扶我们，州外有眉山市的单位和企业对口帮扶我们。这么多的资源，以前想都想不到、盼都盼不来。我们一起脱贫攻坚，苦干实干，让青山不老、换个人间。"

白纳溪村有三个村民小组，村民习惯沿用干岩社、白纳溪社、黄土岗社旧称。罗从兵入户与村民座谈，注意到白纳溪村的民风十分淳朴，也了解到这里历史上极不平凡，比如，黄土岗社就曾存在一座麻风病院，持续时间长达26年。

麻风病是一种古老的疾病，因其会造成严重的肢体残缺或面目毁损，曾被人们视为最可怕的慢性传染病，有"世纪瘟疫"之称。1960年，在阿坝州、甘孜州发现了让人闻风丧胆的麻风病病例。由于麻风病传染性极强，当时又几乎无药可医，政府不得不采取硬隔离的措施——把麻风病患者集中起来，安置在深山老林，切断向外传播的渠道。

这样的地方，俗称"麻风村"。1960年2月，给"麻风村"选址的工作人员来到了白纳溪，村上召开全体村民大会共同表决是否同意在这里建"麻风村"。让工作人员意想不到的是，村民全然没有避之不及的想法，不仅全票通过，而且同意拿出白纳溪最平坦、产出最好的地块黄土岗安置麻风病人。

白纳溪村。图中左下角建筑为白纳溪村新时代文明实践站

罗从兵在查看白纳溪村黄土岗社活动中心建设情况

罗从兵走访贫困户王开华

据《阿坝州麻风志》记载，1986年白纳溪麻风病院撤离前，前后26年间这里共收治了来自阿坝州壤塘县、小金县、马尔康县（现为马尔康市）、金川县及甘孜州丹巴县两州五县的182名麻风病患者，其中166人治愈出村。

罗从兵深受触动。他对很多同事说过："白纳溪群众深明大义，为大局做出过牺牲和贡献，如果我们干不好，对不起他们的付出。"

贫困群众既是脱贫攻坚的对象，更是脱贫致富的主体，如果出现了"干部急群众不急，干部干群众看"的现象，脱贫攻坚战就会失去至关重要的内生动力。

"要我脱贫"远赶不上"我要脱贫"。

三番五次调研后，罗从兵心头关于白纳溪村的脱贫攻坚对策明朗了许多，找到了破解当前困境与利于长远发展的契合点后，便召开户主会，公开许诺要带给乡亲们安全住房、交通水利基础设施、集体经济"三大件"。

他又担心村民们不珍惜机遇，滋生出"等、靠、要"的思想，因而风趣地对大家说："党委政府给乡亲们出政策、拨资金，相当于帮大家把夫人接回来，但生娃娃就靠个人了哈，自己不努力还指望别人，这完全说不过去啊！"

话糙理不糙，村民们哄堂大笑。

住房对于中国人有着特殊的意义，既是安身立命之所，也是心灵栖息之所，还是人格尊严的体现。诗圣杜甫的感叹与呼唤响彻千年："安得广厦千万间，大庇天下寒士俱欢颜！风雨不动安如山。"

国家对贫困地区群众补齐安全住房短板方面实施的政策力度空前，根据致贫原因和资金来源，分为易地扶贫搬迁、危旧房改造、地灾（地质灾害）搬迁等几类，在涉藏州县还有"藏区新居"工程。

谁家能享受"藏区新居"政策？哪户满足地灾搬迁条件？为什么只有一户易地扶贫搬迁？同为危旧房改造，每户得到的补助资金为什么不一样？这些事情曾让王德寿直犯头疼，"弄不好就是得罪人的事"。

罗从兵一家一户对照分析，谁家墙裂了，谁家屋顶漏雨，谁家房子必须易地重建，讲得条条在理。讲完，他还要问一句："乡亲们心中气不气，服不服？"大家都笑起来。干部是否秉持公心，群众心里有杆秤。

村民张有珍离婚后回到村上，原有房屋残破不堪，屋顶塌了、院墙倒了，却无力维修，只能长期跟弟弟张有才一家挤在一块儿住。年近六旬的她严重耳背，是农村"五保"供养对象。罗从兵在户主会上提出，将她单独纳入住房保障，享受3.1万元补助金，为她修建25平方米的住房。村民没有一人提出反对意见。

罗从兵经常说："民风淳朴是白纳溪的底气。像我们自然条件这么差的地方，如果大家各打各的小算盘，离心离德，今后发展会更加困难。不管什么时候，我们靠的就是淳朴，乡亲们一定要保持下去。"

村民建房期间，罗从兵隔三岔五来看进度和质量。他特别留心贫困户李卫德，一位左腿因恶性肿瘤而截肢的残疾人。李卫德的女儿在甘孜州色达县教书，妻子跟着前去照顾外孙，李卫德在家独居，对生活失去了信心。

罗从兵来找李卫德谈心，谈心前他先提了个要求："李伯，我去你厨房找坨馍馍，跑一天给整饿了。"看着胡子拉碴的年轻人，李卫德十分心疼，拄着拐杖为他端来一碟子腊肉。

罗从兵边吃边聊。他问："孃孃带孙去了，她放心你一个人在家？"李卫德说："女儿上班，孙没人带，老的小的都造孽，能选哪个嘛！"

罗从兵说："可怜天下父母心。家里修房的事，你告诉他们没？"李卫德回答:"说了说了,活了一辈子能有个像样的窝,都高兴。"

罗从兵继续引导:"这就是了,你高兴,你活得好,他们才没负担,不然心装不进肚子,想到你只有愧疚。"

李卫德默不作声。

"别看白纳溪偏远,国家可是看到我们的。别看李伯你是一个人,乡上村上可没放弃你。为帮你建房,乡亲们比给自己建房还积极。日子眼看越过越红火,但如果你失去信心,红火的就是别人了。"

李卫德红着眼睛说:"我一个没脚杆的人,活着没用啊……"

罗从兵给他讲了一个故事。广元市青川县有个年少时失去右手的农民石光武,"5·12"汶川特大地震灾后恢复重建期间,他喊出"有手有脚有条命,天大的困难能战胜",成了全村第一个动手重建住房的人。一个石光武

罗从兵喜欢与群众交流,善于做群众工作。图为他在白纳溪村的农民夜校讲课

站出来，无数受灾群众跟着站起来。

李卫德深受触动："我不是还有一双手、一条腿吗？"

罗从兵为他鼓劲道："李伯，我们会争取帮你女儿调回金川工作，让你们一家人团聚，但这事目前我还不能打包票。"

"团聚"，对李卫德而言，这是比"新居"分量更重的词汇，哪个不想亲手摸摸外孙的脸蛋？李卫德再也控制不住情绪，老泪纵横。

人们欣喜地发现，李卫德从此变了。他拄着拐杖的身影，出现在建房现场，出现在花椒地，出现在土鸡养殖房，出现在摆龙门阵的人群里。

李卫德成了白纳溪村的石光武。王德寿再做村民工作时就频频提及他："你们困难，哪个有李卫德困难？人家一个拄拐杖的都能积极面对，你们好意思说不能？"

2019年，在金川县、色达县教育部门的沟通协调下，李卫德女儿调回金川工作。她每个周末带着娃娃回家团聚，帮父亲准备好一周的饭菜。李卫德抱着外孙喃喃道："以前一年见不到一回，现在每周都能见。天天都是好日子，外公开心得很，一定会好好活着！"

三

高半山用水自由

白纳溪在藏语中的意思是"水花",村上却基本靠天吃饭、雨养农业。

不是没有水,而是要么存不住水,要么眼巴巴地看着水却难以用到——干岩村民小组、白纳溪村民小组的种植地块,坡度超过30°,既无灌溉水源,也不具备大水漫灌条件;黄土岗村民小组的地块,虽然相对平坦,但灌溉要从几千米外的山涧小溪引水,一年仅一次。

据老一辈人介绍,20世纪30年代,当地头人杰普若带领村民,用秸秆作为测量工具,从几千米外的烧茶坪,开挖水渠引水至村,解决了人畜饮水只能靠肩挑背扛的问题。水渠开通后,白色的水花从高处落下,村民看着十分欢喜,故将村名改为"白纳溪"。

至于农业用水,祖祖辈辈绞尽脑汁,也没找到很好的解决办法。

黄土岗村民小组每年冬天集中灌溉一次土地,灌溉对于黄土岗村民来说,是一件大事。首先约定好时间,集合100多个青壮年劳动力,把几千米长的土沟渠重新清理出来,有的在坍塌开口段重砌堡坎,有的在野草丛生段薅拔清障。

接下来的环节是放水。在海拔较高的曹家沟山溪引水点挖开堵墙,将溪水导流至土沟渠,水势就着山势,缓慢向下方流去。第一户村民坐在地头等着,旱烟抽了一杆又一杆,约莫两个小时,水头来到地边。水头有多大?一天浇两亩地。

　　堵墙一开，水就不能停。无论三更半夜，还是拂晓时分，轮到哪家，哪家就必须接过接力棒，守在地头灌溉。黄土岗实际上是山地，村民最怕打着手电筒在寒风中熬更守夜，爬坡上坎难免要因石头或者坑洞弄得扑爬跟斗儿，弄不好还要受伤。

　　如此一户接一户，把整个黄土岗的农业用地浇一遍，没个三四十天是完不成的。浇一次总比不浇强，但作用能持续多久，还得看天。

　　面朝黄土背朝天。这个"天"，压得乡亲们喘不过气。大家无不期盼着庄稼不再喊渴，作物不再因灌溉不均而这一块旺盛那一块焦枯，哪个农民不想稳产增产、稳步增收？

　　当时，州人社局干部谢茹君正担任白纳溪村的第一书记。由一个或几个部门单位对口帮扶一个贫困村，这是四川脱贫攻坚的一项制度性安排，相当于为贫困村找到了一棵"大树"，在更大范围内整合资源，扫尽脱贫路上的"拦路虎"。

　　对口帮扶部门单位通常会派出一名干部职工到村上担任第一书记，这位第一书记既是信息联络员，也是扶贫带头人。

　　谢茹君已过不惑之年，比罗从兵大9岁。他们一起在白纳溪村跑上跑下，一次次在水源地与农田之间踏勘，寻找从根本上解决问题的办法。

　　"彻底解决生产用水难？一辈辈人没干成的事，他们真行？"听闻此事的村民在观望。

　　罗从兵、谢茹君用实际行动作答，他们向州财政局、水务局和县农工办等争取来130多万元资金，用于实施微型水利项目。

　　从思路上讲，村民从山溪引水灌溉的路子没错，毕竟水源无法凭空生造。问题在于，"土"设施太落后，灌溉效率无从谈起。

经过严密论证，对黄土岗引水工程的升级改造正式上马。

那年冬天，100多个劳动力又集体行动了。他们按照分工，有的在取水点挖掘蓄水池，有的沿着杰普若带头开挖的线路挖深沟，铺设输水管道，有的新建直通田间地头的三面光水渠。

大伙儿热火朝天地劳动，带着紧张和期待。村民张有富打趣："加油干哟，我们搞成了，可以跟子孙后代吹一辈子牛。"

工程完工试水那天，身手矫健的张有富被大家怂恿着做了一个举动——与水渠的水"赛跑"。

曹家沟取水点阀门一开，他撒腿在山坡上拼尽全力飞奔，就像儿时与伙伴追逐山鸡野兔一样。在他的脚下，管道中看不到的水流汩汩而行。输水管道长几千米，到了尽头的分水口，水流顺势转入三面光水渠，向着田间冲去。

在地头等待的人乐不可支地拿出手机计时，"从开闸到来水，只要九分钟！原来要苦等两个钟头！"

人们同时张望："张有富呢？"一会儿，张有富喘着粗气出现在人们的视野内，高喊着："跑不赢！真跑不赢！"

兴奋的人们纷纷从水渠中掬起清澈的溪水，"庄稼能喝上这水，长势能不好？"

更令村民感动的是，"党委政府帮我们兴修水利工程，我们理应投工投劳，最后我们不仅得到了白花花的水，还赚了几千块白花花的票子（投工投劳补助），党的政策真是好！"

干岩和白纳溪村民小组的群众既高兴又眼馋："黄土岗过去再难，至少能灌溉，我们在斜坡上种地的，又该怎么增加收成？"

这个难度确实更大。如果说，解决黄土岗生产用水难题，是立足已有基础的质的飞跃,那破除干岩和白纳溪生产用水掣肘,毋庸置疑属于白纳溪村历史上的原发性变革。

学习借鉴先进经验是推进工作的有效方式。罗从兵深入思考后,前往阿坝州茂县做了一番考察调研。

茂县地处岷江上游,贫困群众多居住在干旱的高半山上,能否逆转高半山是决定他们脱贫成败的关键。早在2014年,茂县启动了"百村千池万窖"微水灌溉工程,采取引溪水、集雨水、提河水、收散水的方式,形成了沟截水、水汇池、池进窖、窖连地的高半山农业用水管网体系。

罗从兵实地考察后得知,随着近年来技术和工艺大幅进步,储水窖池形态有了新的发展,从过去的混凝土窖池、钢板水箱,提升为新一代的玻璃钢水窖,这对避免渗漏、结垢、生长菌藻、锈蚀污染等效果显著。而且,玻璃

白纳溪村黄土岗村民小组建成的三面光水渠

钢水窖施工便捷、安装工期短，特别适合交通不便的地方。

下定决心，说干就干。67个白色的玻璃钢水窖，像一个个巨型蘑菇，在干岩和白纳溪村民小组的地头冒出。

水窖里的水来自烧茶坪，也就是白纳溪名字的起点。那里新建了一口沉砂池，借助10万米输水主管道、1.5万米输水分管道，与67个玻璃钢水窖连成一体。每个水窖能储水10吨，龙头一拧就出水，水窖空了注满也方便。

村民欢呼雀跃。千百年来首次实现农业用水自由，白纳溪终于名副其实了。

在水源有保障的情况下，张有富算过一笔账：家中七八亩核桃树，亩产一两千斤，每年可收入七八千元；花椒行情不算稳定，高的时候年收入三四万元，低的时候不到两万元；种植的苞谷主要用于饲养牲畜，在栏的牛

白纳溪村的玻璃钢水窖

和羊价值三四万元,如果赶上猪肉行情好,那就更可观了。这还没算村合作社生态养猪场和集体果园的分红收益。张有富信心越来越足:"创造好的种养条件,高半山上也能活得滋润。"

谢茹君在脱贫攻坚中找到了成就感,充满干劲。2017年第一轮驻村期满后,他主动申请连任,直到白纳溪整村摘帽并通过省上和国家的验收。

罗从兵对这位战友的选择,乐见其成,也心怀感恩。

四

丢掉乌纱帽也要干

乌纱帽是古代官吏戴的一种帽子。在我国传统政治文化中，人们喜欢用乌纱帽指代官员的职位。共产党的领导干部，职权由人民赋予，理应向人民负责，戴着乌纱帽为民做事，当好人民的勤务员，而不能捂着乌纱帽为己做官。

罗从兵在马尔邦乡工作期间，有两次冒着丢乌纱帽的风险为民办事，一次关乎火关乎路，一次关乎水关乎桥。

有一年春天，紧邻的曾达乡政府给马尔邦乡打来了一个紧急电话："我们村民看到对面白纳溪的山头在冒烟！"

冒烟？冬春季节是森林草原火灾高发频发期，得知消息，罗从兵心急如焚。白纳溪村背靠的大山之上，有十几万平方千米的原始森林，百年树龄的杉木比比皆是，原始森林一旦起火，后果不堪设想。罗从兵一边打电话通知村支书王德寿，一边带着乡上的扑火队乘车奔上山去。

村民察看回来，急切的铜锣声响起，"着火啦！着火啦！"原来，当天刮大风，高压线相互碰撞擦出火花，引燃了林下的枯草枯枝。火势处于村内小树林范围内，和原始森林还有一段距离。

罗从兵带的人马及时赶到，与村民一起扑火。用水灭火在高半山上是一种奢望，大家手中的扑火工具主要是易于携带的山火拍。它形似扫帚，棍体

罗从兵带领群众扑灭山火

顶端的布条具有阻燃特性,人们拿它用力扑打地面燃烧的杂草。也有些村民用铁锹等工具铲土将明火覆灭。

罗从兵全然顾不上个人安危,冲在最前面灭火。他知道这个时候比拼的就是速度,必须速战速决。

别看当前火场距离原始森林远,森林火灾中有一种现象叫作"飞火"——在风力风向突变、林下腐殖质爆燃等因素作用下,火团会飞蹿到几千米外形成新的火场。如果真的点燃了原始森林,灭火之事恐非人力所及了。

用了两个小时左右，众人将过火面积控制在7000平方米以内，并对余火进行彻底清除，防止死灰复燃。

火灭后，村支部副书记沙正良发现罗从兵走路一瘸一拐。罗从兵这才说，扑火时，一颗炭火顺着裤兜落到右脚踝，当时只觉一阵火辣，也没太放在心上。他自嘲："没得大碍，就是把美腿给烫伤了。"

罗从兵与王德寿、沙正良等坐在一块儿，总结这次灭火的经验教训。王德寿说："白纳溪极少发生火灾，这次发现早、扑灭及时，将损失控制在了最低限度。"

"我看这次恰恰敲响了警钟，警示我们应尽快弥补短板和漏洞，提升防火灭火能力水平。"罗从兵细致分析说，发生这次火灾既不幸又万幸，幸运的是没有波及其他地方，但没人可以保证下次不会发生在原始森林，那里是这次火灾暴露出的扑救盲点。

盲在哪儿？平时没人查看，万一发生火灾，只有林间羊肠小道可进入，车子根本开不上去。

罗从兵提出修一条森林防火通道。

"我们想过，不敢做，有很大风险。"王德寿善意提醒，"修通道免不了砍树，弄不好就背个破坏生态的骂名，要遭处分的。"

罗从兵问："步行到原始森林要多久？"

"从村委会出发，走路至少四个小时。"

"要是发生火灾，咋个救？"

"没法救！"

"该不该修？"

"该！"

"那就修！"

白纳溪村的森林防火通道

作为朋友，王德寿斟酌了一番，还是对罗从兵掏了心窝子："说老实话，修建防火通道，三年五年甚至十年八年都可能派不上用场，要是因此影响你的前程，划不来。"

"个人得失跟群众安危冷暖相比，根本不值一提。再说，只要我们出于公心、不谋私利，没有失职渎职，组织就会信任和支持。"

事后，罗从兵向上级打报告作了详细说明，争取来项目和资金，为白纳溪村建成6千米长的防火通道，汽车十几分钟就能开上去。

王德寿心里稳了。农村有个"大树现象"，但凡长有大树、古树的村落，一般都会村风好、民风淳，而内部不团结的村寨则多拿树木出气。王德寿窃喜："我们村拥有的可是至少上百年的原始森林，保护好绿水青山，才能造福子孙后代呀。"

与修建森林防火通道相比，重建八角塘村核桃园的铁索桥，决策更难，更具风险。

核桃园是一个地名，正式称谓是八角塘村嘎州村民小组，三面环山、一面临水，面积不到一平方千米，形似一座半岛。居住在这里的15户47名群众，通过一座横跨大金川河的铁索桥与外界联系，铁索桥是核桃园唯一的对外通道。

2017年6月14日，大金川河突发洪水，将铁索桥彻底冲毁，村民再无通往外界的正常途径，不得不用渡船过河。

核桃园年逾古稀的村民郭远信当过乡村教师，十分了解村庄历史。他说，核桃园上一次大规模使用渡船外出还要追溯到1992年，那次暴发的超历史最高水位的洪水冲断了铁索桥，有一两年时间村民都用船过河，后来才修了这座现今又遭冲毁的"甩甩桥"，走在上面总是摇摇晃晃的。

灾后，郭远信望着浑浊的河水一愣就是几个小时。核桃象征吉祥幸福，但核桃园群众的日子却是苦的。更早的时候，核桃园是片无人居住、无人光顾的荒地荒滩，为了讨口饭吃，部分住在高半山的群众冒险搬来这里，从"山民"变"河民"，不得不学习使用牛皮船、木筏子过河的技能，前后有十几个村民为此付出了生命代价。

如今，过不去横亘眼前的大金川河，核桃园的脱贫攻坚工作寸步难行。罗从兵把干部召集到一起想办法，谋划善后之策。

有人提出，应当立即在原址重建铁索桥，拖下去不仅群众遭罪，脱贫任务也难以如期完成。

当即有人反对：县上部门的意见十分明确，政策明文规定，大渡河上（大金川河位于大渡河上游）禁止修建铁索桥，谁敢担这个责？只要这个桥在使用，估计得担一辈子责。要修就修公路桥，一劳永逸。

修公路桥的观点又被质疑：修一座跨河公路桥，工程造价至少七八百万，且不说资金从何而来，就是报批手续走完都不知猴年马月了。再说，为十几户村民投资几百万财政资金，受益面较窄、普惠性差，在财政资金支出中难得到优先对待。

有人顺势提出：与其花这么多钱修桥，不如把群众搬迁出来，先让他们投亲靠友，再争取享受易地扶贫搬迁政策。

有人不同意这种看法：核桃园只是出行条件差，农业甚至旅游业发展好了完全可以养活养好一个村民小组，搬出去到哪里找安置点和耕种土地？要是村民又偷偷搬回去，岂不是闹个大笑话？

……

大家各抒己见，争论不休。

罗从兵讲话时说："我们要从实际出发解决核桃园难题，尽力而为、量力而行，制订的方案比过去要有提升，但不能好高骛远。我倾向于修建铁索

罗从兵向上级领导汇报核桃园铁索桥建设情况

新建成的核桃园铁索桥不仅提高了安全性，还具备了通车条件，村民无不欢欣鼓舞

桥，但是前提是千万要保证坚固耐用，充分保障人民群众的出行安全。我特别提醒一句，我们为人民服务，但不能替民做主，大家下来要多听听核桃园群众的心声。"

核桃园群众的心声就是不要空头支票。说得再好，要是拖个三年五年，最后得不到落实也没用。

罗从兵选择了一条最艰难的路。当时担任马尔邦乡党委副书记、乡长的雷刚与罗从兵年龄相仿，他全力支持罗从兵的决定。罗从兵语重心长地对这位搭档说："群众说我们俩是顶起竿竿的（方言，指牵头的），真出了事，需要我们俩负责到底，这个风险不小，工作都可能出脱（方言，指丢掉、断送）。"

雷刚态度坚决："对得起党和人民，我无怨无悔。"

全心全意为人民服务是共产党的根本宗旨。八角塘村立有一块当年红军长征留下的红军碑，上面斑驳的石刻文字宣示了红军的革命理想，号召"番、回、汉穷人联合起来"，跟着党、跟着红色队伍一块儿走。

党的两位基层好干部代表人民打了一份报告。最终决策权不在乡一级，乡上对农村铁索桥只行使监督管理职责，建设审批权在上级管理部门。罗从兵左思右想，最后在这份特殊的报告上只签了自己一个人的名字，准备由自己承担一切后果。

这一签，签的是核桃园父老乡亲们的救命桥，签的是人民公仆为民谋福的连心桥，签的是党员干部不怕被摘掉的乌纱帽。

经过多番争取，县上最终批给了马尔邦乡一笔重建资金。2018年3月，核桃园铁索桥启动重建，新桥比原来"甩甩桥"相对河面的高度更高，当年7月正式投入使用。

郭远信评价罗从兵"有超强的胆识，谝嘴（吹牛）的话不说"，"有了桥,我们农产品才好卖出去、卖得起价,村民都过上了好日子,家家都有辆车,小到架架车、拖拉机,大到私家车、运输车,这是生活改善的明显标志。"

桥修好后,村组干部一道给县上送了一封联名感谢信。他们一方面诚心感谢县委县政府的关心关怀,另一方面也用这种质朴的方式向上级表露心声:修好这座桥,在人民眼中就是功劳。

罗从兵心里装着人民,人民心里何尝不装着他呢?

五
镇政府驻地"争夺战"

关于贫困村、贫困户能否脱贫,国家制定了一套严格程序。以贫困村退出为例,首先要贫困村自愿提出申请,然后对照脱贫标准,进行乡(镇)初验、县初审、州级验收,最后经州人民政府审查批准才能算摘帽。严格的程序,一道道关口,就是为了确保脱真贫、真脱贫,确保脱贫成果经得起历史和人民的检验。

2017年12月,马尔邦乡独足沟村退出贫困村;2018年11月,马尔邦乡白纳溪村退出贫困村。在各有关方面帮扶下,马尔邦乡从此再无贫困村。

这些年,罗从兵长期冒着日头往村里跑,皮肤晒得黝黑,高强度的工作也让他白了少年头。他下乡忙起来经常顾不上刮胡子,一身迷彩服穿几天。群众看到他常与他开玩笑,称他"长得着急"。

马尔邦,藏语意为"永不结冰的地方"。就是这位"泥腿子"书记,让当地群众深情赞叹:"罗书记用他的赤诚融化贫困'坚冰',带着我们奔小康。"

就在人们跳着锅庄喜迎新生活时,2019年,一场全省性的变革之风刮到了马尔邦——乡镇行政区划调整和村级建制调整改革,简称农村"两项改革"。这是四川近年来涉及最广泛、群众最关注、影响最深远的重大基础性改革之一。

罗从兵下乡检查脱贫攻坚工作

乡镇作为行政区划的基础单元,是国家政权建设的根基所在。改革开放以来,顺应经济社会发展和基层治理需求,四川先后开展了几次较大规模的乡镇行政区划调整,空间布局一定程度上得到改善。

虽然进行了数次调整优化,但横向比较,四川乡镇数量居全国第一,几乎是第二位河南和第三位河北的总和,与全国经济总量排前三位的广东、江苏、山东的乡镇数之和相当,呈现出数量多、规模小、密度大、实力弱的突出特征。

由此带来一系列掣肘发展的严峻问题。比如,尽管四川乡镇一级的财政投入总量为全国最高,但平均到每个乡镇则是全国最低,乡镇教育、卫生等公共服务资源不足与闲置浪费(服务对象少)并存的矛盾长期存在。同时,由于乡镇数量多,人员编制有限,乡镇干部往往身兼数职,工作难以实现专业化、精细化、高效化。

罗从兵有切身体会。改革前，金川县共有23个乡镇109个建制村。他工作过的太阳河乡，2个建制村只有700多人，马尔邦乡人口稍微多些，3个建制村加起来也不过1400多人，数量都不足东部地区的一个村。

公务员队伍中流传一个说法，省委书记要跑遍所有的县区，市委书记要跑遍所有的乡镇，县委书记要跑遍所有的行政村。金川县领导自嘲："把109个村跑遍，磨烂几双鞋，都不敢轻言自己'深入'群众。"

在"不忘初心、牢记使命"主题教育中，中央第十指导组在四川基层调研后，认为四川乡镇设置小而多是一个真问题、大问题，建议四川省委将乡镇行政区划调整改革列入主题教育检视问题清单，积极稳妥地解决好这一历史形成、制约发展的重大问题。

四川省委下定决心推进这项打基础、系全局、利长远的重大改革。在前期选择代表不同类区的3个市和3个县（区）先行先试的基础上，2019年10月，省委召开会议做出部署，在全省全面铺开这项改革。

改革一开始，省委提出"顺向调整"的改革原则，要求科学把握当地的历史文脉、现实条件、发展趋势和群众愿望，顺应人口流向、交通流向、经济流向，顺应群众对美好生活的新期待，科学确定留并撤改方案。

通俗地说，就是县城周边的乡镇往县城并，山上的乡镇往山下并，沟里的乡镇往沟外并，交通闭塞的乡镇往交通便捷的乡镇并，空间狭小的乡镇往空间开阔的乡镇并，地质灾害隐患严重的乡镇往安全的乡镇并，弱小乡镇往中心乡镇并，经济欠发达的乡镇往较发达的乡镇并，自然条件和发展基础大体相当的乡镇按产业功能区并。

省委特别强调"只向区划建制要效益，不与人民群众争利益"的改革取向，明确乡镇编制不上收、财政转移支付不减少、基础设施建设不削弱、基层公共服务不降低、干部安排不悬空的"五不"政策要求，确保群众当前利益不受损、长期利益有增进。

金川县的改革方案涉及6个乡镇：撤销太阳河乡，将其所属行政区域划归观音桥镇管辖；撤销万林乡，将其所属行政区域划归勒乌镇管辖；撤销马尔邦乡、马奈乡，合并设立马奈镇。

马尔邦乡、马奈乡二合一后，面积201.65平方千米，人口2397人，马奈镇就此成为金川县和阿坝州的南大门，再往南就是甘孜州丹巴县巴底镇了。

2019年12月，县委任命罗从兵为马奈镇首任党委书记。37岁的年轻人，先后担任太阳河乡、马尔邦乡、马奈镇三个乡镇的党委书记，他自称"年轻的老革命"。

很多人不理解：无论从经济实力、面积还是人口规模来看，马尔邦乡都要强于马奈乡，为什么合并后叫"马奈镇"？罗从兵专门开会进行解释，这是出于保留住千年文化传承考虑。

原来，马奈锅庄于2008年被国务院列入"国家级非物质文化遗产保护名录"，是金川县乃至阿坝州的一张文化名片。

锅庄，嘉绒藏语叫作"达尔嘎"，每逢喜庆节日、聚会迎宾、春播秋收，人们在草坪、坝子上燃起篝火，手拉手围成圆圈跳舞。马奈锅庄在嘉绒藏族锅庄舞中别具一格，已有一千多年的传承历史，被誉为东女国文化的活化石。

镇的名字问题解决了，围绕镇政府设在哪儿又产生了很大争议。在两个乡的群众眼中，镇政府设在哪儿，哪儿就是场镇中心。

罗从兵主张设在马尔邦乡政府原址，即八角塘村二组。理由是，马尔邦乡在马奈乡和县城之间，马奈群众如果去县城，顺路就可以到镇政府办事。这样的话，两乡群众都不会走回头路、冤枉路。

罗从兵和原马尔邦乡的干部职工合影

马奈乡卡卡足村村委会主任张国珍却不这么认为:"原来乡政府就在我们村,办事多方便。现在你们倒是少走20公里,我们不就多走20公里?"

马尔邦乡群众毫不客气地反驳:"你就不考虑我们山上的?设在马尔邦,大家跑的距离差不多。"

又有群众"补刀":"马奈锅庄是有名气,我们马尔邦关碉比你们差哪儿了?既是中国碉王,还是传说中东女国女王的行宫。"

张国珍就是不服。她找罗从兵反映,一次不成找两次,几次下来还是不接受。最后民政局经过慎重考虑,实地考察,认为选址八角塘村对两乡群众最有利。

张国珍脾气大,她做工作有"三板斧":一是实干,风风火火冲在前面;二是讲道理,而且讲道理的时候嗓门极大;三是坚持,不成功决不罢休。

马奈锅庄

因为这件事，张国珍见到罗从兵就激动，曾当面指责。罗从兵并没有生气，见到张国珍就心平气和地开导："我不怪你，你不是为个人，是为群众奔走呼吁。"罗从兵向她宣讲政策，"这项改革要求确保群众当前利益不受损，改革后你们办事不方便，所以便民服务分中心会一直设在卡卡足村，我也会抽空到那里办公。"

张国珍留下一句话："我看你做不做得到！"

果然，马奈镇挂牌成立后，镇上把原马奈乡便民服务中心设为分中心，一些主要事项都可以原地办理。罗从兵说到做到，一个月中，上半月在八角塘村，下半月在卡卡足村，进村入户，与原马奈乡的群众也熟悉了起来。

当地百姓有句土味但值得琢磨的话："罗从兵来了，狗都认识他。"可不是？到群众家里多了，各家各户的看家狗不但不咬，还会摇尾巴。

2020年3月，完成乡镇行政区划调整后，金川县按照"宜撤则撤，宜留则留"的总体原则和"调优调强，向善向好"的改革要求，与全省同步启动村级建制调整改革。

全县109个建制村调整为85个，减幅22%。其中，马奈镇卡卡足村、耿扎村合并为马奈村。白纳溪村到此时也只有64户、231人，原本属于被合并的对象，但罗从兵向县上做说明，争取把白纳溪村作为一个建制村保留下来。他说："长期以来白纳溪民风淳朴、政令畅通、户户和谐，是一个难得的标杆，有着独特价值，今后要努力打造成全县的'红旗村'。"

新成立的马奈村要选举产生新的两委班子，而且根据省上精神，推行村党支部书记、村委会主任一肩挑。张国珍寻思："这下完了，之前我把罗从兵得罪了，这下怕只有下课的份儿。"

有段时间，她惴惴不安。有朋友为她出谋划策："你请罗从兵吃个饭、认个错,古代还能将相和呢。"她摇摇头,"不去,认了这个错,不就证明我前面的所作所为全是胡搅蛮缠了?这个错认不得。"

她万万没有想到,罗从兵非但没有记恨在心,反而推荐她担任马奈村党支部书记。罗从兵找她谈话时说:"张孃,能够为群众说话的干部就是好干部,我不推荐你这样的干部,我推荐谁呢?"

张国珍从此放下思想包袱,更加热情地投入工作。每每忆及此事,她都要感叹:"从没见过像他那样心胸宽广、包容大度的书记,真正是一个为了群众不计较个人感受的好领导。"

"两项改革"的上半篇进入尾声。通过实施改革,四川乡镇从4610个减为3101个,减幅达32.7%;建制村从45447个减为26369个,减幅达41.98%;村民小组从386120个减为230095个,减幅达40.4%;社区从7804个增加到8265个,增幅达5.9%,实现了乡镇面积扩大、人口增加、资源整合、要素聚集、结构优化的改革目标。

这个过程可谓大刀阔斧,但波澜不惊,没有引起一件负面舆情,没有出现一个"翻烧饼"现象。为什么能这样?因为改革始终坚持以人民为中心的发展思想,把赢得群众认可作为关键,而且像罗从兵一样的一批基层干部,执行政策不偏向、不走样,使改革达到甚至超出了预期目标。

马奈镇各项工作顺利开展后,罗从兵去祭拜一位故人——已故的原马奈乡党委书记王庆华。2019年10月13日,43岁的王庆华突发脑溢血,因医治无效离世。王庆华曾获评"四川好人"。王庆华生前与罗从兵作为紧邻乡镇的党委书记,不仅在工作上有往来,还是很要好的朋友。他们俩有个共同特征:几乎从来没有轻松而完整地休过假,春节、国庆等假期,经常同时在加班。

罗从兵来到王庆华墓前,拧开酒瓶,将烧酒一圈圈洒在地上。曾经是脱贫攻坚路上的战友,如今天人永隔,罗从兵泪眼婆娑:"庆华兄,马奈乡、马尔邦乡合并到一起了，叫马奈镇，现在两个乡的群众更是一家人，你没完成的事业我帮你完成……你屋头的老妈妈就是我妈妈，你没尽的孝我帮你尽……"

这些年，在党和政府各有关方面帮扶下，马尔邦乡、马奈乡打了场漂亮的脱贫攻坚战。两个乡共争取到资金近9000万元，实施了一批路、水、电等基础设施及旅游配套设施项目；大力推行"返还扶贫""股权量化""飞地扶贫"等扶贫模式，增强了贫困群众的"造血"能力，走上了发展集体经济的快车道，乡村面貌焕然一新。

在这场"敢教日月换新天"的伟大斗争中，四川共有150名在基层奋斗的同志的生命定格在了脱贫攻坚的征程上，他们将宝贵生命献给了带领群众摆脱贫困的伟大事业，树立起新时代巴蜀儿女的精神丰碑。

罗从兵收拾好东西，转身下山。新的奋斗征程正向他招手。

六
从兵工作法

　　两乡合一成立马奈镇后，干部职工达到30多人，人员充实起来，设置了党建工作、综合行政执法、社会事务和便民服务中心等机构，为优化协同高效履职提供了有力支撑。

　　罗从兵的初中同学、原马奈乡党委副书记、乡长罗小琴，任马奈镇党委副书记、镇长。自小在罗从兵关心下长大的夏拉夺基，毕业后先后到毛日乡、马奈乡、金川县人事局工作，这时也因缘际会成了罗从兵的麾下干将。为王庆华上坟，他也跟着罗从兵一起去了。

　　罗小琴接到任命通知当天，罗从兵就找她谈话："老同学，这下我们两个正儿八经地成了一家人。乡镇合并，情况复杂，两个乡村组干部和群众的融合可以有缓冲期，但我们俩没有。我们要在最短的时间里把大家揉成一个面团，而且还要越揉越筋道。"

　　在第一次乡村干部大会上，干部职工领教了罗从兵的幽默和干劲。他向大家介绍：马尔邦、马奈现在成了一家人，我姓罗，咱们的女镇长也姓罗，只是一个个子大，一个个子小，大小二"罗"加起来，就是马奈的"奈"。我们有一个共同的目标，那就是让马奈的山更青，水更秀，人更和，日子更幸福。

　　罗从兵不熟悉原马奈乡的群众，罗小琴不熟悉原马尔邦乡的百姓，融合到一起的干部在书记、镇长的带领下,用最快的速度走遍了马奈镇的山山水水、村村寨寨。田边地坎哪儿都可以是他们的板凳,石板草地哪儿都可以是他们的桌子。

用脚步一次次丈量挚爱的土地,与乡亲们围坐在一起,问生计、听心声、摆梦想,是为了扎实擘画好马奈镇的蓝图。从太阳河乡开始,罗从兵就有一个习惯,高兴时喜欢捧着老人的额头亲一口,见着小孩喜欢高高将他们举起来,不知马奈镇又有多少老人和小孩受到了他热情而特殊的礼遇。

在他们的考察下,马奈镇的家底逐渐清晰——

马奈镇位于金川县南部,与甘孜州丹巴县巴底镇交界,距金川县城40千米,距丹巴县城52千米,面积201.65平方千米,海拔2000~4500米,辖马奈村、独足沟村、白纳溪村、八角塘村4个建制村,19个村民小组,共计723户2397人。

同学和搭档:罗从兵与罗小琴合影

全镇耕地面积2.4平方千米，主要栽种玉米、小麦等粮食作物，酿酒葡萄、樱桃、雪梨、苹果、青（红）脆李、花椒、核桃等经济作物。

在旅游资源方面，马奈镇拥有中国碉王、悬空古庙、东巴石佛、本教文化资源及东女王城遗址，素有"山水田园、古国遗风"之称。

脱贫之后，脱贫成果要巩固，乡村振兴要接续推进。罗从兵提出了马奈镇推进脱贫攻坚与乡村振兴有效衔接的路径图。他召开大会，向干部职工描述马奈镇的未来，讲解工作重点，为每个村子制订具体规划。

马尔邦关碉（被称为"中国碉王"）

马奈村是一个水电移民搬迁村，应侧重做好移民搬迁准备工作，同时一定要保护传承好马奈锅庄，"自古以来的招牌万万不能砸"。

独足沟村属于高半山村，资源优势明显，被纳入金川国家级森林公园，又属于嘎达山风景区核心区，是金川县重点发展的村，要抓住机遇提升旅游基础设施质量和服务能力水平。

白纳溪村藏在深闺人未识，民风淳朴，独特的价值尚待挖掘，要按照树立"红旗村"的形象去打造建设，让其口碑和影响力在金川县独树一帜。

八角塘村紧邻国道248线，先决发展条件良好，要提升李子、樱桃等水果种植规模和品质，同时把握乡村旅游的契机，鼓励村民发展农家乐。

把这些美好蓝图变为现实，不是敲锣打鼓轻轻松松就能实现的，需要镇上的干部职工发挥好带头作用。

罗从兵几乎每天都住在镇政府集体宿舍，闲暇时，他喜欢与没回家的同事在院坝里聊天。大家七嘴八舌拉家常：小陈想进城，王叔要晋升，张姐的孩子考上了大学，李妈过两天要娶儿媳妇……

严红萍请教罗从兵一个问题："你这个年轻的老革命，在基层干了十五六年，可否总结点心得体会传授给大家？"

罗从兵是一个不爱炫耀成绩的人，他原打算用他的方式把这个过于凸显自我的问题"幽默"过去，但脑海中突然闪过一个念头，于是接过了话头："你这个问题问得好，十分重要，但不是今天揭晓答案。"

当时，阿坝州正深入推进"两联一进"（联户联情、联寺联僧，法律政策七进，即进机关、进乡村、进学校、进寺庙、进企业、进景区、进医院）群众工作全覆盖。严红萍的问题启发他的是，乡镇工作说白了干的就是群众工作，没有哪一级干部直面群众的时间比乡镇干部更多，如果说群众满意是干好工作的标准，那让群众满意的方法是什么？如果大家掌握了这样的方

白纳溪东巴石佛

法,牵住牛鼻子、打蛇打七寸,不是事半功倍了吗?

罗从兵长期睡眠不好,这件事牵挂在心,就更睡不着了。这天晚上,他一会儿躺在床上,一会儿坐在桌前,一会儿踱来踱去,像放电影般把这些年的经历,特别是处理过的棘手事、从中积累的经验和收获的启示等回顾了一遍,然后工整地写下"三四五六"。

何谓"三四五六"?

三必进:以"进村送服务、进村解民忧、进村化矛盾"为目的,坚持进农家门、知农家难、办农家事、结农家情、暖农家心,了解群众的所思、所盼、所急。

四必讲:以"讲法律法规、讲惠民政策、讲新风正气、讲发展变化"为重点,深入村寨农户、田间地头,面对面、一对一、一对多宣讲法律法规、形势政策、文明新风,教育引导干部群众爱国团结、守法感恩。

五必问:以"问家庭状况、问生活条件、问生产情况、问困难诉求、问意见建议"为抓手,全覆盖式走访联系农户,让干群关系持续升温。

六必访:以"访老干部、访示范户、访困难户、访诉求户、访代表、访能人"为载体,聚焦重点群体谈心谈话,积极探寻全镇经济社会发展的新思路,凝聚克难奋进的强大力量。

那个夜晚,罗从兵把十几年的基层工作经验总结提炼成"三四五六"工作法。时至今日,这套从兵工作法已在金川县发扬,在阿坝州推广。

人们评价,罗从兵是"两联一进"工作法在基层一线的创新践行者,他是真正做到了联到户头走到家里,联到实处走到心里,联到难点走到情里,联到产业走到地里。在他任职的几年里,马奈镇(包括原马尔邦乡)从未发生一起信访事件,全镇工作综合目标考核在全县排名靠前。

作为搭档,罗从兵不仅向罗小琴面授机宜,还与她一起在实践中检验

罗从兵走访慰问老党员

"三四五六"工作法的可行性和科学性。

有一次,他们到独足沟村走访,听闻马玉华和马玉堂两兄弟发生争吵,两人面红耳赤,互不相让,嗓门越来越大。罗从兵立即上前制止:"都说'兄弟同心,其利断金',你们兄弟俩怎么搞起了窝里斗?"

马家兄弟一看来了明白人,拉扯着书记、镇长的胳膊,"你们正好给我们评评理!"原来,马家兄弟为了四分地花椒树的归属争得不可开交。罗从兵笑呵呵地说:"亲兄弟明算账没错,但争得有理有据才不伤和气,家和才能万事兴。"

种植花椒是马奈群众的重要增收渠道,花椒平均每斤可卖50元左右,2018年的销售价超过了每斤100元。马家兄弟的耕地相邻,都说那四分地的花椒树是自家种的。

　　罗从兵弄清了缘由，便做起劝解工作。他说："你们都找不到证人证明是哪家种的树，自说自话永远扯不清，那就只有一个办法算是公平公正，树在谁家地头就算是谁的。"两兄弟想想，是这个理。

　　罗从兵让村会计查土地台账，找国土员核实土地证，将两家人的地块判得一清二楚，花椒树归属尘埃落定。罗从兵说："你们都是一个阿妈生的，千金难买亲兄弟，打虎也得亲兄弟，千万不能为这芝麻大的事影响了感情。兄弟之间要互敬互爱多帮衬，就算是再大的事情也要坐下来好生商量，你们要记住最亲的还是一家人。"

　　当着书记、镇长的面，两兄弟握手言和。

　　罗小琴与罗从兵共事期间，两人没少处理类似的事情，因赡养老人产生矛盾的，搞建设需要征迁拆赔的，怀疑别人偷了自己东西的，还有些无头公案……罗从兵总能兼听各方诉求，站在公正的立场，妥善处理问题，让大家心服口服。

　　这些鸡毛蒜皮的事，不去解决似乎也不影响大局，但理顺群众关系、聚拢人心，体现的是以人民为中心的发展思想，增强的是党的威信和号召力。

　　独松乡党委书记马麟有时碰到难以化解的矛盾，也会请罗从兵支着儿。罗从兵给出的办法，效果就是大不一样。虽然马麟嘴上不承认，但从心底对罗从兵感到佩服。

　　罗从兵引用过一句话："始于微末，发于华枝。"

　　精神文明匮乏的乡村，不是真正的美丽乡村。2019年，金川县被纳入新时代文明实践中心第二批全国试点名单。罗从兵认为，应当争取在全镇四个村率先建设新时代文明实践站。

　　实践站不另起炉灶，而是整合盘活已有文化室、农家书屋等文化资源，

金川县新时代文明实践中心

马奈新时代文明实践文化广场

因地制宜设置村史馆、文化长廊，建立红白理事会，完善村规民约，创办道德积分超市，以文化人、以德润心、成风化俗，推动学习宣传党的创新理论、传承弘扬中华优秀传统文化、深化移风易俗等工作的常态化、长效化。

从评选身边好人、道德模范、文明家庭，到组建红色文艺轻骑兵、开展志愿服务活动、倡树文明新风……群众需要什么，实践站就提供什么；群众在哪里，实践活动就延伸到哪里。如今，家家户户和睦相处，人人争做表率、人人争当模范的良好氛围在马奈镇蔚然成风。

金川县委常委、宣传部部长王仕文评价指出，罗从兵思路活、办法多，很有超前意识和创新精神。

2022年3月，阿坝州在金川县召开全州新时代文明实践中心（所、站）建设提质增效现场会，马奈镇马奈村成为第一个学习参观点位，为新时代文明实践中心建设提供了示范和样板。

七
南大门"守将"

2020年的冬春之交非比寻常,在阖家团圆的新春佳节之际,新型冠状病毒肺炎疫情突如其来。这是近百年来传播速度最快、感染范围最广、防控难度最大的重大突发公共卫生事件。

1月24日,四川依法启动突发公共卫生事件一级应急响应。国内疫情最初发生在湖北武汉,四川也严阵以待。作为拥有9100万人口的大省,四川外出务工人员达1100多万人。春节正是人员流动最频繁的时期,据相关部门统计,从省外返川人员达720万人,其中150多万人来自湖北,从中又有30多万人来自武汉,四川的"防输入、防扩散"压力巨大。

短时间内,巴蜀大地上有序展开大规模行动:从城市到乡村,从平原到山区,从交通枢纽到特殊场所,织密织牢一张横向到边、纵向到底、覆盖省市县乡村五级的联防联控网络。

接到上级指令,马奈镇春节休假的干部主动回到岗位,镇、村干部成立疫情防控工作组,全覆盖式动态摸排各村的返川人员信息,做好70多名疫区返回人员的居家隔离观察,同时成立全县第一支党员志愿服务队、第一支民兵志愿服务队,设立卡点,查验外来车辆和人员情况,一起守护阿坝州的南大门。

要战胜看不见的病毒,尽快切断传播途径是关键。金川是一个民俗文化非常浓厚的地方，特别是农村地区，群众习惯在春节期间举办婚礼。罗从兵对干部们说："县上要求停办各类群体性聚集活动，马奈有春节举办婚礼的传统，党员干部必须带头停办。"

他专门找到干部欧旨蓉，把这个事情的极端重要性又解释了一遍，希望她做出表率。欧旨蓉爽快答应："书记请放心，大是大非我分得清。"

欧旨蓉在马奈工作8年多，从事民政、计生、残联、环境综合治理等工作，原计划与马奈一位小伙在1月30日（正月初六）举办婚礼。她和爱人商量后决定延期举办婚礼。父母与亲戚起初想不通："我们这么偏远的地方，病毒怎么跑得来？"二人将病毒如何"狡猾"形象地描述了一遍，"哪怕只有百分之一的概率也不能拿亲友的健康做赌注。婚礼图的是喜庆，我们另择良辰吉日。"

还是有群众不愿取消预定的婚宴。他们辛苦筹备大半年，干菌子已泡好，肉准备得差不多了，难道就不能通融一两天？罗从兵让干部职工把全国因举办婚礼导致疫情扩散的例子整理出来，大家分别前往群众家中做工作，工作方法便是拉家常、谈政策、诉亲情。在大家的共同努力下，全镇共取消了12家的婚宴、12场集体活动、2家的乔迁宴、1场每年必办的大型宗教纪念活动，村民基本做到了不串门、不聚集、不出村。

"虽然疫情防控的主战场不在我们这儿，但马奈防住了就是不给大局添乱，马奈一旦失守，以我们农村地区的条件，可能带来极其严重的后果。"罗从兵安排给马奈群众写一封感谢信，既真心感谢全镇群众的付出和配合，也督促大家继续将严格的措施落实到底。

1月底，甘孜州道孚县局部暴发疫情，陆续有73名群众确诊，存在进一步扩散的风险。马奈镇与甘孜州丹巴县接壤，过境的国道248线是连通丹巴县、道孚县的重要通道，马奈镇的卡点无疑是进入金川的第一道关口，县委下达了"严防死守南大门"的命令。马奈镇在路口设立消毒坑，对公路沿线喷洒消毒液，分段分片区开展环境整治大会战。

每天安排好镇上的相关工作后，罗从兵就来到卡点，与大家一起排查外来车辆，做好人员行程查问、体温检测、车辆消毒和疫情防控知识宣传等工作，一干就是一整天。干部职工开玩笑："祝贺我们书记最近的生活多了'一点'，以前是镇上—村上两点一线，现在是镇上—卡点—村上三点一线。"罗从兵笑着回应："这叫芝麻做烧饼，一点都不少。"

5月底，党中央在全党部署开展"不忘初心、牢记使命"主题教育，疫情防控阻击战是一块试金石，检验着党员干部的初心和使命。"关键时刻，关键在党。"罗从兵在卡点成立临时党支部，带领党员干部重温入党誓词。

这座临时堡垒，由县公安局、疾病预防控制中心和马奈镇党委、卫生院的20名党员干部组成，他们战斗在金川抗疫的最前沿，成为内外联系的纽带，更是梨乡儿女的定心石。在他们不远处，就是那块红军碑，他们仿佛与当年的革命先辈时空重合，一起守卫人民的生命安全。

甘孜州丹巴县巴底镇沈足一村和二村与马奈镇隔河相望，130多户群众出行必先经过马奈镇马奈村。按照当时的疫情防控政策，他们外出就是跨州流动，这是不允许的。沈足一村、二村一下子成了物资进不来出不去的孤岛，群众急得像热锅上的蚂蚁。

罗从兵想到了这一点。他带头组建志愿服务队，在马奈村与沈足一村的交界处开展跨州代办服务，但凡两个村的群众在生活生产和防疫方面有需求，只要拨打代购服务电话，列出物品清单，马奈镇立马帮忙跑腿。

疫情初期，不少地方都缺少防疫物资，罗从兵要求尽力保障沈足两村群众的需求，为他们送去50斤消毒液、40个口罩，甚至经两州有关方面允许，马奈镇承担了两个村的消毒和宣传防疫知识任务，架起两州两县两镇的友谊桥梁。

守护阿坝州的南大门

罗从兵在马尔邦红军碑前

惶惶不安的氛围中，这些闪光的行动让人倍感温暖。

从1月24日四川启动一级应急响应算起，到2月22日全省首个市州确诊病例"清零"，用时29天；到2月26日全省疫情响应级别降为二级，用时33天；到3月19日全省183个县（市、区）全部转为低风险区，用时55天；到4月23日全省561例确诊病例除3例死亡外全部治愈出院，用时90天。经过全省上下的艰苦努力，四川疫情防控取得重要阶段性成效，经济社会发展持续向好态势得到巩固。

罗从兵在马奈镇整整坚守了101天，连换洗衣物都是家里人打包好带来的。同事们劝他回家看看，他以开玩笑的口吻说："大疫当前，我作为镇党委书记如果都不能以身作则，怎么能为全镇人民筑起一道安全防线？"

这期间，妻子王志静十分担心他的状况，悄悄来探望。

那天，罗从兵正带领干部职工开展环境卫生整治，满脸满身灰尘，头发长得不像样子。王志静看到后心疼不已，事先准备的责备的话一句也说不出。她默默拿出湿帕子给他擦灰，擦到脚上时，眼泪止不住地流了下来。

罗小琴见状，调节气氛道："同为女人，我要认真检讨，我从来就没这样伺候过我老公。"

王志静破涕为笑。

罗从兵极少夸赞自己，却经常在同事面前"炫耀"老婆："我老婆与公公婆婆相处和谐，婆媳之间从来没有发生过矛盾，在整个金川县都首屈一指。"

有时，罗从兵与王志静视频连线，会说一些柔情的话。同事们就在一旁起哄，罗从兵仍然一副骄傲的样子，"自己的老婆自己疼。"

同事眼中，他们相濡以沫，堪称模范夫妻。

八
"堵枪口"的那个人

金川多山,雄奇的自然风光也孕育着风险,县域内有421处地质灾害隐患点、141个山洪危险区。

每到汛期,罗从兵的心就揪得紧紧的。

2020年7月6日,天降大雨。马奈镇八角塘村中心小学附近有个泥石流隐患点,罗从兵放心不下,带着同事冒雨前去查看,行走中不慎滑倒,正好摔坐到一块石头上,表情异常痛苦。罗从兵忍痛指挥同事查看隐患点,发现并无异常后,才放心地在同事搀扶下一瘸一拐回到了办公室。

罗小琴见他走路和坐都十分困难,关心地询问情况。罗从兵咧嘴一笑:"下村滑了一跤,把尾巴骨摔着了。"罗小琴劝他进城拍个片,检查一下,他不以为然:"农村娃没那么不经摔,过两天就好了!今年汛情势头凶猛,关键时刻我不能离开岗位。"

镇政府隔壁有位群众叫金仁君,曾经摔倒致伤,伤好后拐杖还放在屋中。罗从兵借来拄着走,不忘自嘲一番:"没想到我也有成为'铁拐罗'的一天。"

拄拐办公一天,到了夜里,罗从兵感到一阵阵扎心般的痛。他一会儿俯卧,一会儿侧卧,一会儿仰卧,但哪个姿势都不能减轻痛感。同事见状,坚持将他送到县医院检查,结果竟是骶骨椎体骨折。"至少卧床3个月!"医

历史和现实一次次证明,中国共产党是风雨来袭时中国人民最可靠的主心骨。图为先不冷沟泥石流发生后,罗从兵等党员干部率先投入疏通清理工作

罗从兵冒雨在黑夜中查看灾情

生告诫道,若休养不足,有下半身瘫痪的风险。

  县委批准了罗从兵的休假申请。罗小琴接到了罗从兵罕见的带着歉意的电话:"小琴镇长,实在不好意思,我的尾巴骨真的摔断了,医生要求休息3个月,你要辛苦一下了,但是我的电话24小时不关机,有什么事情,你随时跟我联系。"

  好友马麟劝罗从兵好好在家休息:"你个瘦高个佝偻成什么样子了?!等养好身体再去上班,不为自己想也要为家人考虑。再不注意,今后只有马哥推着你一起耍了哦!"白纳溪村支书王德寿打来电话让罗从兵放宽心:"你现在病了,稍微把责任放下一些,大家都理解。"

  可他这样的人,又怎么舍得休息3个月呢?

  风吹大了、雨下大了,他都放心不下,拄着拐来回到处查看;脱贫攻坚成效验收迎检在即,他放心不下,又回镇上询问各项工作的准备情况;到7

月24日，距离他摔伤不到20天，他已是第三次回到马奈。

7月25日，新一轮强降雨袭击金川。凌晨3点，马奈村地质灾害监测员来电中透着惊慌："潲雨潲雨（方言，指暴雨），包都发生了泥石流！"包都是马奈村的一个村民小组。罗从兵随即起身，穿上雨衣雨鞋，拄着拐杖就往外走。迎面碰上罗小琴，她连忙劝阻："你腰杆这么痛就别去了！"

"这么大的雨，不去看着怎么行？今天我罗从兵就是死了，也是死在了救灾的第一线，没当贪生怕死的狗熊！"扔下这句话，罗从兵带着手电筒走进雨幕。

有他在就有主心骨。大雨滂沱的夜里，随行的人们没有太多言语交流，只需一个眼神便能理解彼此要奔赴的前方在哪里。

平常10分钟的车程，那一夜他们足足花了半个小时，因为风雨中不断有滑落的石块阻道。同事们每次下车挪动一块块躺在路中的飞石，罗从兵都倔强地撑着腰杆站在车外，他十分抱歉地对罗小琴说："这种粗木重石（方言，指粗笨）的活路，本不该由你们女娃子做，我不能伸手帮忙，感到很羞愧。虽然我是近视眼，现在又不能弯腰，但我可以和你们在一起！"

那夜的雨特别大。好在平时注重应急演练，这次预警也到位，村干部及时把120多名群众转移到了安全避险点。但由于跨越大金川河的包都索桥已被汹涌的洪水冲断，还有38名群众被困在河对岸。

得知群众出不来，救援力量过不去，罗从兵心急如焚。路遇小型泥石流，车子开不动了。他坚决不让同事搀扶，催促他们先赶到桥口了解情况。罗从兵一个人在后面，一脚深一脚浅地爬坡。等到了桥边，他接过指挥权，拿起喇叭一遍遍朝河对岸群众喊话："你们要注意自身安全，一定要保护好老人、孩子和妇女。""你们放心，我罗从兵在，你们的家就在！"

一整夜，泥石流像醒来的猛兽，发出阵阵震颤和咆哮，裹挟着恶臭，在包都古老的山寨肆虐，也撕扯着干部职工的心。

看着家园被毁，百姓受苦，罗从兵又着急又心痛，一向以铁汉形象示人的他泪雨滂沱："老百姓造孽啊，房子毁了，地也没得了，人千万别有事……"

25日清晨，天刚蒙蒙亮，罗从兵拄着拐杖急切地站在包都索桥的路基口向河对岸张望，想要马上了解灾情。由于泥石流大方量冲入河中，包都索桥桥墩下形成回水湾。突然之间，桥墩垮塌，拉扯着另一头固定在岸上的铁索，眼看就要把路面撕裂拽入河中。

"快跑！"罗从兵大喊一声。路基瞬间下沉垮塌，人群四处躲避。罗小琴下意识地跑了几步，想起罗从兵带伤跑不动，又折返回去搀扶他，却被罗从兵一把推开，黑着脸怒斥："你回来干啥子，死一个不够还想死两个，赶紧跑！"他边数落，边尽量快步挪动。

这是他第一次，也是最后一次朝罗小琴发火。后来念及这位值得生死相托的战友，罗小琴心里悲不自胜："我在第一时间没有照顾好这个伤者，在生死攸关的时刻，他却拼尽全力把生的希望留给了我。"

不幸中的万幸，包都上至92岁的老人，下至未满1岁的婴儿，在这次特大泥石流灾害中无一人伤亡。被困群众的避险点为一处村民的老房子，常年无人居住，大家手中除了些许食物外，再无任何生活物资。38名群众中，仅有1名青壮年，其他全是老人和妇孺，情况依然危急。

与被困人员取得联系后，在镇、村党员干部和群众的密切配合下，大家用绳子和铁丝搭建了简易的跨河溜索，将棉被、饮用水、蜡烛、充电宝、牛奶、米、面包、方便面、电筒等物资输送过去，还专门输送了对讲机，用以安抚大家的情绪。

"岂曰无衣？与子同袍。"关键时刻，金川县救援队伍来了。他们辗

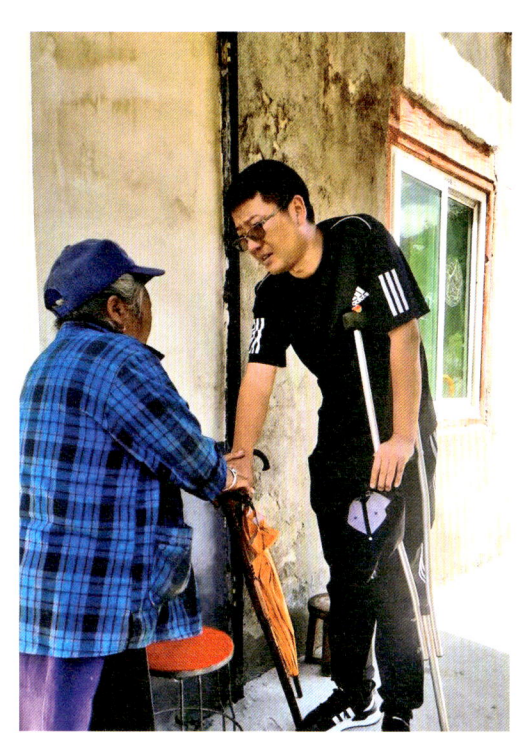

罗从兵拄着拐杖慰问受灾群众

转8千米,从紧邻的丹巴县巴底镇沈足一村方向,沿着湿滑陡峭的山坡,开辟出一条新路,挺进包都。巴底镇主动伸出援手,派出干部群众加入救援大军。

大家用担架抬起行动不便的老人,背着婴儿,拉着妇孺,将被困村民转移到沈足一村活动室休整。等他们一到,沈足一村群众自发送来了热腾腾的包子、馒头和酥油茶。随后,金川干部群众继续带领受灾群众辗转跨河"回家"。

行动不便的罗从兵在转移点等待乡亲们归来。受灾群众看到罗从兵,仿佛见到了领头羊,失声痛哭起来。罗从兵为大家鼓劲:"共产党在,你们怕啥子？共产党在，我们的家就在，都不要害怕！"他向大家保证，每户受灾群众都会有饭吃、有衣穿、有住处。

此后，部分受灾群众投亲靠友，部分安置在集中安置点。从那以后，罗从兵每天拄着拐杖来回穿梭，有干练果断的安排，有温暖的问候，就像对待亲人一样，安抚了这群担惊受怕的人。

群众同样为他着想："罗书记还是回家休息吧，你这样身体受不了。""没事没事，谢谢关心了！"这两句问答，成为他与群众重复得最多的话，一股暖流在彼此身体里传递。

灾损统计显示，马奈村包都村民小组共有6户住房需要重建。与八角塘村核桃园当年面临的情况如出一辙，包都索桥损毁后，灾后重建根本无法推进，而且国道248线部分路基塌陷，也需要重建才能确保物资运输畅通。

金川县将包都灾后恢复重建纳入全县统一规划，将重建包都大桥项目提上日程。项目总投资583万元，上部采用装配式结构，下部采用盖梁接桩基轻型桥台，桥宽4.5米，全长120米，原来只能过人的包都索桥即将变为可以通车的钢板桥。

没有想到的是，抢通国道248线时却遇到了麻烦。国道248线路基坍塌，抢通这段路，需要征用老阿妈孟洪珍的房子和耕地，她和丈夫老两口儿坚决不同意。

孟洪珍一家虽然住在包都对面，隔河相望，其实也是本轮强降雨的受灾群众，不仅房屋受损，花椒树还全部被冲到了河里。

灾后他们投奔女儿女婿家临时安置。村支书张国珍考虑到罗从兵行动不便，自己去做老两口儿的工作，结果被孟洪珍态度强硬地顶了回来："你们给100万也不搬！"

罗从兵听说后告诉张国珍："张孃，你不要去了，我去。"他认为，孟洪珍对张国珍产生了抵触情绪，两个人一块儿去恐怕适得其反，会进一步激化矛盾。

罗从兵拄着拐杖来到了孟洪珍女儿家，老两口儿认为"抢"自家房子的人来了，爱搭不理。罗从兵说："阿孃，共产党从来都是为百姓谋福利的党，你看脱贫攻坚这些年，投入那么大资金量造福群众，没让一家一户吃过亏。"

孟洪珍流着泪说："我们70多岁的人了，把地占了，我们吃啥？娃娃们各有各的家，没能力养活我们，你给我们吃的住的？罗书记，我们知道你是好官，你走吧，我们不同意。"

罗从兵说："你家的实际情况，我很清楚，党委政府搞灾后重建，要保证乡亲们有吃的有住的。"

孟洪珍说："我们家一没劳动力，二没钱，自建房需要垫钱，我们拉不来账，人家担心我们一把年纪万一死了还不上。"

罗从兵安慰老人："这是天灾啊，谁也不想，县上做了灾后重建规划，包括你们家在内，不会不管你们的。"

孟洪珍说："我们俩一个眼瞎、一个耳聋，真是活不了几年的人了，不想耽误娃娃，守好家里那个摊就行。罗书记，我们只请求你们帮我们把院子里的淤泥清了，我们早点搬回去。"

罗从兵拿出手机里拍的照片凑近老人："阿孃，你们想搬回去，我们也不敢答应。你看，水随时可能淹上来，你们的房子没法住了，不安全。"

罗从兵又翻到一张照片："阿孃你再看，你们家门口的路给冲断了，救灾物资根本拉不过来，大车小车排起100多辆，全堵在一块儿了。现在我们要先把路修通，物资进得来，才能救灾和重建。"

罗从兵拄着拐杖为重建包都大桥选址

罗从兵拄着拐杖在临时通道上查看灾情

孟洪珍哭着说:"罗书记,我们理解你的难处。但也怕听了你们的话,到头来一场空。我们70多岁了,没几天好日子过了。"

罗从兵紧紧握着孟洪珍的手:"阿孃,真难为你们了!今天在场的人不止我一个,我罗从兵向你们保证,征占你们的房子后,我们找个地方修新的,也会按照标准给你们补偿,不会让你们冻着、饿着。"

孟洪珍呜咽:"罗书记你是个好官,是个好人!"

罗从兵眼眶中眼泪打转，动情地说："我是党委书记，这点事情处理不好，我还怎么当这个书记？不仅对不起你们二老，也对不起所有马奈的乡亲们啊！如果今天我答应的做不到，我罗从兵直接辞职，自愿接受党纪国法的处分处罚！"

就这样，一句一句喊阿嬢，一次一次讲真情，孟洪珍老人终于同意了。

罗从兵兑现承诺，组织镇、村干部帮助孟洪珍搬家，家具、棉被、衣物、炊具……连她没有想到的木材，也一并给搬了出来。镇上很快重新选址为老人修好了新房，兑现了补偿，除去建设成本，还有一两万结余。

后来孟洪珍老人常说："罗书记说到做到，没有骗我们。他还经常来看我们老两口儿。"

2020年的雨特别多。包都泥石流后没多久，白纳溪村通村路也遭遇泥石流断道。当村支书王德寿从位于山巅的村委会赶到山脚断道处时，罗从兵已经在现场指挥挖掘机救援。看着那拄着拐杖的身影，王德寿眼泪一下就下来了："他受伤了都不休息……我们这书记，是真的好！"

事不避难、义不逃责、身先士卒、冲锋在前，罗从兵就是这样的人。当地干部群众说："如果在战争年代，罗从兵是可以为了党和人民的利益去堵机枪口的人。"

九
好人好官罗从兵

群众评价一个官员怎么样，采用的标准十分朴实，结论也就一个字——好。

那些勤政务实、清正廉洁、敢于担当，不怕得罪人，想干事、能干事、干成事，为地方和群众带来看得见、摸得着的变化和实惠的官员，他们称作"好官"。

要做好官先做好人。那些信念坚定、为民服务、律己自重、无私奉献、品德高尚，与群众打成一片的官员，他们便是群众口中的"好人"。

罗从兵在马奈就赢得了"好人好官"的评价。

马奈镇成立后，干部职工数量翻了一番，罗从兵向州工会申请项目资金建设了职工之家。每到夜晚，住在镇上的干部职工就到那里看看电影，读读书，顺道聊聊梦想。罗从兵时常对大家说："工作上要像牛一样，耍起来像猴一样，不要弄颠倒了。""人在一起叫团聚，心在一块儿才叫团结，我们必须拧成一股绳，连成一条心。"

作为党委书记，他本可住单人宿舍，但考虑到镇上有个干部身体不好，他主动把单间让出来，与夏拉夺基共用一个双人间。深夜聊天，他会向夏拉夺基讲一些难忘的经历，也时不时给他上课："你下村代表的是镇党委政府，处理事情不要不经深思熟虑就表态，一旦表态了就必须做到，要是放了空炮，群众会觉得你不诚信。而你丢的不仅是个人的诚信，也是党委政府的诚信。"这正是他初到太阳河乡工作时的感悟。

每天一早，罗从兵像闹钟一样准时醒来。他是最早起床的那个人，到外面溜达一圈后，就在院子里提供"叫早"服务："大家起床没有嘛，起来的可以吃早饭了！""都这个点了，在农村头，猪儿子都要饿死了！""再不起，太阳公公晒屁股喽！"

罗从兵记得每一位干部职工的生日，只要赶上他在镇上，一准会买来点简单熟肉熟菜，张罗大家聚一聚。即使不在，也会发段语音祝福一番。

他就用这样的方式，在工作上言传身教，在生活上关怀备至，打造了一支特别能吃苦、特别能战斗、特别能奉献的队伍。

在中国共产党人创造的脱贫攻坚这项彪炳史册的人间奇迹中，马奈全镇

罗从兵和村民在一起

贫困村、贫困户全部顺利脱贫,退出贫困序列,无返贫的贫困户,贫困发生率下降至零。马奈镇被国家和省脱贫攻坚检查抽中,这支队伍交出了满分的优异答卷。

马奈镇高质量完成脱贫攻坚任务,与全县全州全省全国同步全面建成小康社会。没人知道罗从兵那一刻的内心世界是怎样的,但一定会有兑现承诺的豪迈,有今朝圆梦的幸福。这不就是他扎根基层孜孜以求的吗?

罗从兵工作作风硬朗、严厉,内心却无比细腻、柔软,最见不得群众受苦。

八角塘村村民龚丕华住在马奈镇政府一侧,她女儿龚显庆前几年读大学时不幸患上脑膜炎,导致半身不遂,治疗花去20多万元。好端端一个大学生,正值青春年华,突然无法下床,只能长卧病榻……全家被愁云笼罩。

罗从兵知道了这件事,前前后后到龚丕华家跑了好几趟,除了关心龚显庆的康复情况,还给她"开小灶",让她到镇政府职工之家做康复训练。

在罗从兵的关心下,龚显庆通过治疗和坚持不懈的锻炼,已能蹒跚踱步,这是当初全家人想都不敢想的。龚显庆亲切称呼罗从兵为"罗三爸",将他当成生命中最亲近的人之一。

马尔邦群众杨泽富2019年患喉癌,罗从兵主动帮他申请救助资金,个人掏腰包送去慰问金1000元。2021年11月杨泽富去世后,罗从兵已到县交通局任职,但依然坚持去看望杨泽富80多岁的母亲杨秀珍,陪她拉家常。

八角塘村村民金仁君修剪树枝时意外摔伤,住院花费巨大,罗从兵私下送去400元慰问金。金仁君一家收入少,在罗从兵鼓励建议下,他们开办"金家大院"农家乐及民宿,每年增收3万元。

白纳溪村村民罗晓红的父亲患上重病,罗从兵得知后第一时间在水滴筹上个人捐献1000元,还发动镇上干部职工为其捐款。

白纳溪村村民苍文英的女儿王小芳大学毕业后待业在家，罗从兵聘请她到村上的公益性岗位锻炼，积累工作经验，减轻家庭负担。安稳渡过"至暗时刻"的王小芳，如今已考取中国银行九寨沟县支行的岗位，开启了新的人生。

已脱贫群众安芝兰性格不太开朗，生活比较消极，罗从兵常到她家走访，耐心给她讲政策，摆龙门阵。安芝兰逐渐变得开朗起来，对生活恢复了信心。

五保户张开文半身瘫痪，罗从兵有空就去帮他打扫卫生，进门就喊："老辈子，我来看你了，最近怎么样？吃的药还有没有？有什么困难你就慢慢跟我说，我想办法给你解决。"

白纳溪村村民牟均才说："罗从兵待我们像亲兄弟，我问他安装人工耳蜗的事，他当即拿起电话找人，不会说'我下来帮你问'。"

如他在王庆华墓前说的那样，罗从兵会抽空去看望王庆华的母亲，拉着她的手说："嬢嬢你放心，我跟你的儿子一样，不会不管你！"

……

张国珍说："看望贫困群众，罗从兵从不空手去，总会带点牛奶之类的慰问品，钱是几百几百地给，他又能有多少收入？有时候连个烟钱也没得。"

张国珍生出一个想法，马奈镇谁不知道罗从兵书记心肠好、为民办实事？如果哪天县上调走他，我们就去县委请求留人，能留多久是多久。

只是她没想到这一天居然来得这么快。2021年6月，在罗从兵到马尔邦工作整整满五年、马奈镇成立一年半时，金川县委下了一纸调令，任命罗从兵为金川县交通运输局党组书记、局长。

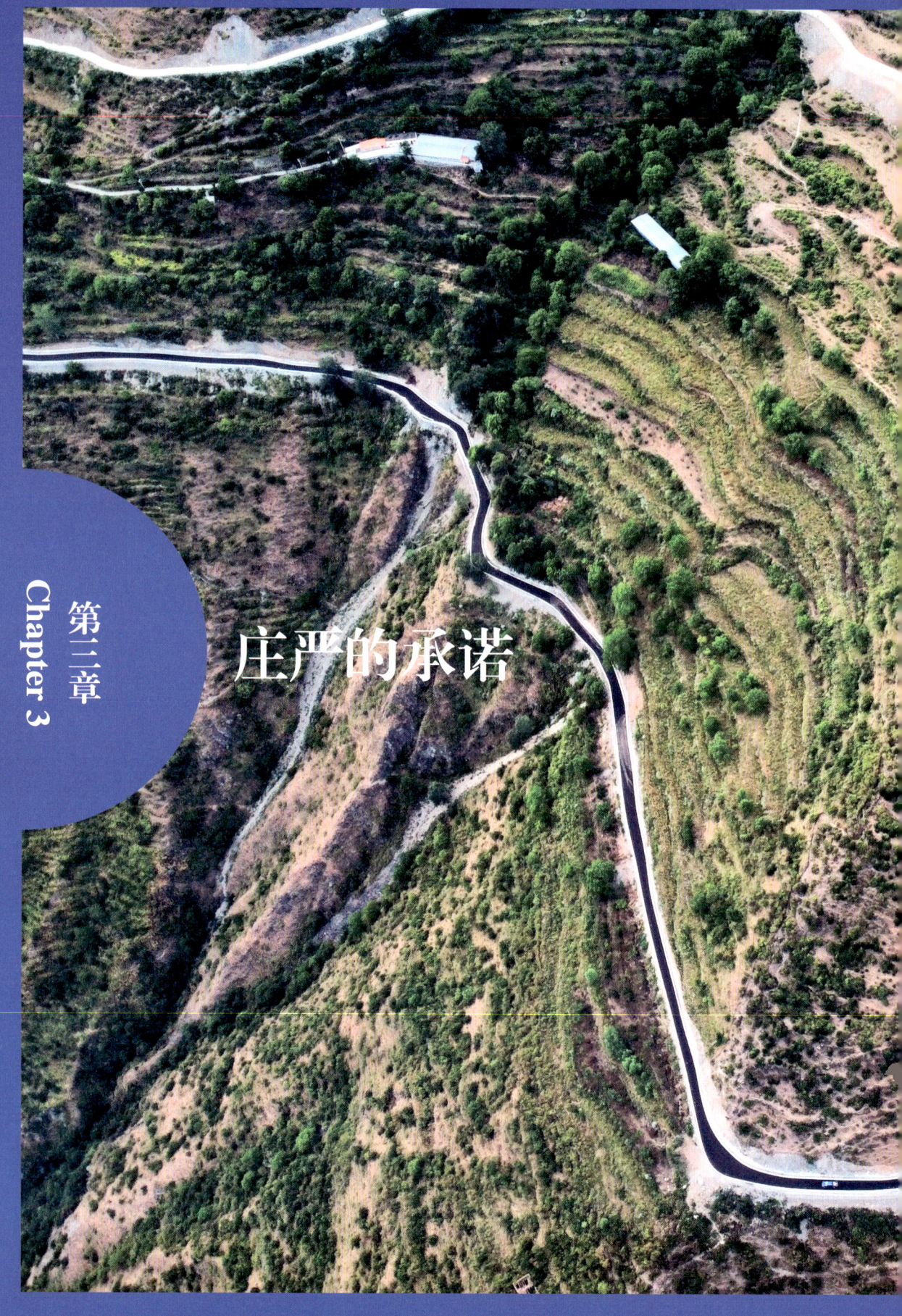

第三章
Chapter 3

庄严的承诺

ZHUANGYAN DE CHENGNUO

一
委以重任

2021年6月,罗从兵接到新的任命:金川县交通运输局党组书记、局长。从职级看起来是平调,实际上是被委以重任。

金川县所在的阿坝州隶属四川的民族三州地区,位于川西北高原,是成都平原往青藏高原的爬升区域。这里群山连绵起伏,坐落在中国最长、最宽和最典型的南北向山系上,因横断东西间交通,故称横断山脉。横断山脉上的大山,犹如一堵堵厚厚的墙,壁立千仞,难以穿越,只能顺势盘山而行。

中华人民共和国成立初期,川西高原没有一寸公路,崇山峻岭里,只有千百年来背夫、马匹踩出的茶马古道。密林中小道蜿蜒狭窄,仅能容一人通过,道上密布着一个个凹痕,这是背夫、骡子或马匹踩出来的,经年累月,成为辨识小道的特殊印记。

1950年初至1954年,应党中央号召,11万军民组成筑路大军,以大无畏的英雄气概,卧冰雪,斗严寒,用简陋的施工器具,跨越人类生命禁区,在世界屋脊上打通了一条"天路",创造了世界公路史上的奇迹,这就是从成都到拉萨蜿蜒2000多千米的川藏公路。

1954年,川藏、青藏公路筑路大军在拉萨胜利会师,庆祝现代公路成功通达西藏。2014年,在川藏、青藏公路建成通车60周年之际,习近平总书记做出重要批示,指出这两条公路的建成通车,是在党的领导下新中国取得的重大成就，对推动西藏实现社会制度历史性跨越、经济社会快速发展，对巩固西南边疆、促进民族团结进步发挥了十分重要的作用。60年来，在建设和养护公路的过程中，形成和发扬了一不怕苦、二不怕死，顽强拼搏、甘当路石，军民一家、民族团结的"两路"精神。新形势下，要继续弘扬"两路"精神，养好两路，保障畅通，使川藏、青藏公路始终成为民族团结之路、西藏文明进步之路、西藏各族同胞共同富裕之路。

筑路人的豪情壮志、养路人的牺牲奉献，在雪域高原铸就不朽的精神丰碑，鼓舞着一代代交通人奋发向上、砥砺前行，成为中国共产党精神宝库中的又一颗璀璨明珠。

川藏公路有北线、南线之分，其中，国道317线（川藏公路北线）横穿大半个阿坝州，是阿坝州重要的交通、经济干道。中华人民共和国成立70余年来，涉藏地区交通日新月异，阿坝州交通也有了翻天覆地的变化。国道317线、213线、248线等多条干道纵横，特别是2020年底，汶马高速公路全线建成通车，高速公路直接通达阿坝州州府马尔康，阿坝州有了等级更高、速度更快的交通"大动脉"。不过，位于阿坝州西南部、更靠近青藏高原的金川，还没搭上高速交通的"快车"。

人们驱车从成都出发，沿成灌高速、都汶高速、汶马高速，一路领略雄奇的高原风光，三四个小时就到了300余千米外的马尔康。而从马尔康往金川县，则要从国道317线再到国道248线，一路翻山越岭，走走停停，不到100千米的路程，要走两个多小时。

交通不便仍是金川发展最大的桎梏。出州有了畅快的高速公路，而县城到州府的交通并没有得到根本性改善，若不改变这一现状，金川的长远发展势必受到影响和制约。

168 **行走的光芒** 记基层好干部罗从兵

金川县城

要打一场交通大会战！金川县委县政府下定了决心。然而在此紧要关头，却缺人手——2021年初，县交通运输局原一把手因身体原因辞职。考虑到这一岗位的重要性，县委县政府决定由时任分管副县长王仕文暂时代管。这一代管，就是半年。

选择谁来担任新局长，金川县委县政府很慎重。交通投资建设事关全县发展大局，这个人必须能干、会干、干得好；而且交通项目所涉金额往往巨大，这个人还得能经受住诱惑、考验，在廉洁方面能把得住、不出事。

那段时间，县委考察了很多人选，时任金川县县长、现任金川县委书记朱锐对诸多候选人掂量又掂量。最终，敢于担当作为、善于做群众工作的罗从兵被组织看中。

按照有关组织程序，在正式任命前，县委主要领导找来罗从兵，进行单独谈话。

"从兵啊，我们要交个新任务给你，这担子可不轻哟！"领导开门见山。

罗从兵有点蒙，但他很快就意识到，这是一次非同寻常的谈话。"领导放心，再苦再难，我都会想尽一切办法，努力完成好！"

县委县政府将筑路决心展露给这个年轻干部：把发展交通摆在突出位置，用几年时间，实现"强骨架、破瓶颈、建网络、畅通途"。也谈到了交通大会战的当务之急：一是县上在建交通建设项目少，需要谋划储备更多项目，争取纳入国家和省的"大盘子"；二是既有项目要尽快推进，争取早日建成、早日投用。

"年初我们定了未来五年的目标，还承诺到2035年与全国、全省、全州同步基本实现社会主义现代化。对我们金川来说，怎么样才能同步实现现代化？必须要做强县域经济！我们发展交通，项目落地，投资有了；交通改善，路通路畅，我们的果子是不是能更好地卖出去，我们的农家乐、旅游业是不是就能随之兴盛？这就是我们金川发展的未来！从兵，你要挑的担子，很重啊！"

走出县委主要领导办公室，罗从兵的心情激动又沉重。"黑娃，回马奈！"他叫着司机程德勇的昵称，却没有像往常一样一路开玩笑。这时的罗从兵，思绪万千。

汽车奔跑在国道248线上，这是从县城回马奈的唯一主通道。这条路依山而建，伴江而行，一侧是汹涌的大金川河，一侧是连绵起伏的群山，"前方飞石、观察通行"的提示牌不时闪过。雨季，雨水将山体冲垮，石头、枯枝等被裹挟着从高山上滑落，滚到公路上；路面的滑坡体被处理了，车辆可以通行，一些难清理的巨石、大石就堆在两侧，反倒成了醒目的标志。雨季或者其他时候的下雨天，车辆经过这些路段都不敢停留，驾驶员会下意识地加大油门快速通过。

这几年，罗从兵常跑这段路，哪里有弯、哪里有滑坡段，他了如指掌，甚至有的滑坡段还是他亲眼看着形成的。每次从这些滑坡段经过，他的心情都是复杂的：我们金川风景奇美，气候宜人，但就是自然灾害多。遇到滑坡或泥石流，路断了，老百姓的土地、房屋也难逃厄运。如此年复一年，老百姓们苦啊！

而今天，他看着窗外的这些石块，还有那足有一人多高、耸立在公路左侧的巨石，心中却多了一分激动。刚刚的谈话中，领导专门提到国道248线金川段的改扩建："州里正在积极争取立项，交通厅也很支持，可能很快就要启动前期工作，我们金川段有100多千米，马奈镇就占了一半！"

国道改扩建后，弯道变少，公路变宽，安全系数将大大增加，这可是大

罗从兵和同事在清理路面落石

好事！激动过后，他又冷静下来：公路改扩建必定涉及拆迁，马奈镇所涉里程多，拆迁段肯定不会少，怎么争取老百姓的支持？

要致富，先修路，这是中国人的朴素认知，也是被实践证明了的极为有效的做法。与金川县各族干部群众一样，罗从兵自小就对路有着深深的渴望。他的老家在安宁镇炭厂沟村的高半山上，以前公路只能修到山脚，从山下的大路到家里还有十来千米的土路，晴天一身灰，雨天一身泥，得走几个小时才能到家。现在到村里有了水泥路，但是山太高、路太陡，老百姓种的核桃、玉米只能挑下山来卖，费时费力还卖不到几个钱。

国道线改扩建后，怎么和通村路衔接、搭配，让老百姓不仅出门方便，而且能把特色农产品卖出好价钱呢？……车开了一路，罗从兵想了一路。

车窗外，大金川河奔腾着，不断溅起白色的水花，翻滚着又落下，往下游奔流。

锅庄送别罗书记

正式任命下来的那天,是一个周末。"罗书记要走了!"这一消息不胫而走,很快传遍马奈镇家家户户。

舍不得!这是白纳溪村支书王德寿的第一感受。三面光水渠、玻璃钢水窖都建起来了,那带着我们实现产业用水自由的人却要离开了。陆续有村干部、村民打电话来询问,有人哭了:"这么好的书记,要离开我们马奈了!"

舍不得!独足沟村支书米平元也流了泪:"罗书记,为了我们村的脱贫攻坚,你操碎了心,头发比我这老头子还白,我们都看在眼头、记在心头的!虽然晓得你这是到县上去当官,是好事,但大家是真舍不得你呀!"

舍不得!八角塘村村民龚显庆在马奈镇政府的职工活动室里做着康复训练,曾经只能坐轮椅的她,在罗从兵的关心下,使用职工之家的运动器械,如今已能慢步行走。母亲龚丕华看到手机上的消息后,不舍的热泪流下来,她小声对女儿说:"娃,你罗三爸要调走了,以后就不能经常见面了!"

不舍的情绪在蔓延,罗从兵不断收到电话、短信,有祝贺的,有确认消息的,更多的是表达难舍和留念的,大家说,待他离任的时候,要来现场送别。

"明天上午召开干部大会。"当天晚上,马奈镇政府干部职工、各村干部收到了这一通知。随通知一同下达的，还有个特别要求：干部大会召开前不宣传，也不搞欢送仪式，如果有老百姓要来，尽力劝返。这是罗从兵专门提出的。

不能搞欢送仪式，就放个鞭炮送一送吧！抱着这样的想法，6月20日一早，王德寿就去买了两挂鞭炮，带着去镇政府开干部大会，没想到进门就碰到了罗从兵。罗从兵先用力地抱了王德寿一下，松开后指着鞭炮说："老辈子，我们不搞仪式，也不放炮。这火炮，开完会，你就提回去。"

干部大会上，县委组织部干部宣布了任命决定。会后，罗从兵进行了工作交接，他带着新的镇党委书记熟悉情况，一一介绍同事，谁负责什么工作、特点是什么、擅长什么，事无巨细。

"罗书记，我们合个影吧！"临别的时候，大家恋恋不舍地说。"唉！"看着大家的眼神，罗从兵也有点哽咽。

在政府办公楼的台阶前，几十人前后站定。"三、二、一，茄子！"照片定格。

互相告别后，大家簇拥着罗从兵到大门处，却惊住了：八角塘村20多位嬢嬢穿着节日盛装等在门外！看到罗从兵，她们走上前："罗书记，我们把礼服都穿上了，就让大家伙跳个锅庄，送送您吧！"

"是呀，罗书记，就让我们代表马奈镇的父老乡亲，为您唱个祝祷歌吧！"嬢嬢们拥上前来。依依不舍的人们围绕着罗从兵，他迈出去的脚步迟疑了。

"我们跳起欢乐的锅庄，各位贵宾朋友，尽情畅饮这美酒，这美酒中包含着我们的情和意，我们为你们的到来而感到无比高兴，我们的心情犹如这锅庄的节奏一样充满激情，热烈欢迎之意……"悠扬的歌声响了起来，特色的锅庄舞跳了起来。在艳阳下，在院子里，嬢嬢们放声歌唱，一人引，多人

罗从兵调离马奈镇,村民和干部职工为其送行。前排右一为王志静

和,歌声渐渐洪亮。

在富有节奏的歌声中,嬢嬢们手挽手,踢着腿,舒展舞姿,队形也不断变化,时而成半圆,时而成圈,时而聚拢,时而分开,唯有悠扬、具有穿透力的歌声不变,飘扬到空中,和着一片片洁白的云彩,将吉祥和祝福的祈祷,送到亲人将去的远方。

看着眼前热情洋溢的老乡,罗从兵眼眶湿了。都说男儿有泪不轻弹,可此情此景,他又怎能不落泪?离开太阳河乡的时候,老乡们也是这样,用传统的锅庄舞送上祝祷,用真诚和炽热的心为他送别。"可是,我为大家做了什么呢?"他想,"我只是做了应该做的本职工作,尽了一名共产党员应尽的职责,却得到了这么多的温暖和感动!"

锅庄舞罢，罗从兵拭去眼泪，走到人群中说："谢谢你们，谢谢大家！我也很舍不得马奈，舍不得乡亲们。以后有时间我还会回来，你们到县上，也要给我打电话，不管公事、私事，都可以找我，像以前一样！"

他说话的时候，有老乡在哭，但更多的老乡从怀里拿出准备好的哈达。他们把哈达捧在手上，一个一个走上前去，郑重地把哈达挂在罗从兵的脖子上。

藏族老乡喜欢用白色的哈达表达祝福，这和天上云朵一样的颜色，最能代表他们纯洁而诚挚的祝愿。如果说一根哈达代表一位老乡的心，此时此刻的罗从兵，已被老乡们的心包围了。这些宝贵的心献出来，是对一名勤政务实基层干部的认可，也是对一名基层干部为民服务的回应！

罗从兵双手合十，深深鞠躬，将说不出的话、难以表达的情，都付于其中。

当他走向大门时，舍不得的老乡们再一次拥了上来。"罗书记，来个筛糠！"他们齐力把他举过头顶，用力往上抛；在他掉下来时又接住，再抛，足足抛了三次才停歇。亲热又熟悉的恶作剧式逗趣，驱散了离别的悲伤，欢笑、喧闹，交织成一片。

可是，这浓浓的情谊，又怎能不令人百感交集？罗从兵坐上车后，噙着泪和大家挥手告别，踏上新的征程。

三

大刀阔斧的改革者

6月下旬的一天,罗从兵悄悄来到新单位。

金川县交通运输局在县政府二办公区四楼。罗从兵走楼梯上去,拐角处是安全股办公室,一人正坐在里面办公。他一看,嘿,认识,当即迈步走了进去:"老冯,好久不见!"

安全股股长冯志鑫是县交通运输局资历最老的职工,1986年就到了局里,期间工作几经调动,但一直在交通运输系统。十几年前,他去太阳河乡考察修路,认识了时任太阳河乡副乡长的罗从兵。这些年,冯志鑫下乡工作时,偶尔也会遇到罗从兵。

这时见到罗从兵,冯志鑫吃了一惊,打趣道:"哟,也不敲锣打鼓通知一声,你就这样走马上任啦?你这是真来当领导,还是假的哦?"

罗从兵乐呵呵地拉出一把椅子坐下:"我这不先来熟悉熟悉嘛。老冯啊,你是局里的老同志,以后可要多帮助我哦!"

生平第一次被领导"求帮助",冯志鑫觉得,这个历任最年轻的交通运输局局长有点意思。

走马上任前,通过领导谈话、多方打听,罗从兵大概了解了县交通运输局的现状:全局干部职工30多人,因人员流动少,机关里"老人"居多,较欠缺活力,加上主要领导空缺了半年,有工作动力不足、成效不明显的问题。

他决定先从干部职工的思想抓起。抓党建是党组书记第一位的工作，在这方面，罗从兵经验丰富。

2016年，马尔邦乡独足沟村的工作受到组织点名批评，上了"软弱涣散党组织"名单，村干部全部换人。刚刚调任马尔邦乡党委书记的罗从兵，把独足沟村作为自己的联系点，首抓党建，带着村干部、党员们加强政治学习，引导他们在抢险救援、攻坚克难等大事难事上带头干。几年下来，独足沟村面貌焕然一新，不仅脱贫攻坚取得成效，村党支部也摇身一变成了先进党组织。

这次，履新后一周，罗从兵就给全局干部职工上了一堂党课。

大家发现，这个新来的一把手虽然皮肤黑得像个成天下地的农民，但是说话很有水平。他讲话，不需要办公室提前准备资料，自己掏出一个本子，上面只记了几个大点，然后就完全自由发挥，讲话犹如滔滔流水，脱口成章，道理深入浅出，让人听着带劲。

党课上，罗从兵说："学习党史，是为了了解中国共产党百年来经历的风风雨雨、坎坷曲折，了解中国共产党百年来坚持什么、付出多少，了解中国人民在中国共产党的领导下收获了什么。"

他说："学习党史，锤炼党性修养，要付诸行动，落实于工作，做到功成不必在我、功成必定有我。我们今天付出，也许工作上没有五彩的光环，语言上没有华丽的辞藻，荣誉上没有重大的表彰，但我们做到了践行初心、服务群众、团结同志、我为人先，就可以无愧地说，我们做到了心中有党、心中有民、心中有责。"

他说："我们党带领全国上下打赢了脱贫攻坚战，迈入了实现第二个百年奋斗目标的新征程。眼下，实现乡村振兴就是我们最重要的使命。我们交通运输局要一马当先，首先得我们自己做到敢为人先。"

说到动情处,他从衣服兜里摸出一本红彤彤的党章,翻到其中一页读了起来:"中国共产党党员是中国工人阶级的有共产主义觉悟的先锋战士。中国共产党党员必须全心全意为人民服务,不惜牺牲个人的一切,为实现共产主义奋斗终身。"

这一幕,副局长何靖宇至今记忆犹新。他说,这有两个原因:第一,这是他第一次亲眼见到一位党员干部随身带着党章;第二,在此后与罗从兵共事的短短10个多月时间,他亲眼见证罗从兵如何用行动践行了这些言语,见证了一个优秀共产党员用始终不变的党性和初心铸就的奋斗之姿与信仰之魂。

新官上任三把火。第二把火,罗从兵从人事入手。

就在他上任前,因工作数据报送不及时、不精准,金川县交通运输局被阿坝州交通运输局通报批评。

向上报送数据、材料是行政管理部门的一项重要工作,有的报送直属分管部门,有的报送上级党委政府。而交通运输局的中层干部年龄普遍偏大,有的甚至不会熟练操作电脑,对于要求上报的数据、材料等,报送进度经常落后,工作推进缓慢。罗从兵决定对人员结构进行调整。

但这谈何容易。人事调整在任何单位都是艰难的工作,对刚上任的领导来说更是如此。

可罗从兵有魄力有智慧。他先向分管领导汇报调整的想法和思路,得到了有力的支持。在局里召开的大会小会上,他都强调团结、尊重老同志。他说:"一个单位就好比一个家,我们现在都是一家人了,大家要心往一处想、劲往一处使,把这个家搞好,搞得红红火火。"他还说:"一个家庭要尊重老人,一个单位就要尊重老同志,这是传统美德。"

罗从兵在办公室撰写材料

这天，冯志鑫正在家里休息，接到同事电话："罗局长说请我们几个老同志吃饭。"他有些意外，反问："问清楚哦！到底哪个出钱？"同事回答得肯定："罗局长说了，他私人出钱！"

抱着难以置信的念头，冯志鑫去了。局里的8位老同志都来了，加上罗从兵，几人坐了个小包间。等大家都坐下来，罗从兵主动站起来说："你们都是局里的老干部、老领导，为我们金川的交通发展，做了很大贡献。今天呢，是我私下请大家，聚一聚，表达我罗从兵对大家的感谢和敬意！"

开门见山的真诚赢得了几人的好感。他语言丰富，表达又风趣幽默，很快就和大家畅聊起来。付账的时候，果然是罗从兵买的单。这顿饭虽然简单，但欢乐真诚，更重要的是让老同志们看到了罗从兵的坦诚，看到了一个一心为公、没有私心的干部。

后来，罗从兵根据工作具体情况，对部分中层干部进行了调整，把有能力、有干劲的年轻人提拔起来，放到更重要的岗位上，工作局面一下就打开了。调整前，他挨个谈话做工作，做到了平稳过渡。

那天吃饭的时候，到兴头处，几位老同志有感而发："罗局长，你这个饭不好吃呀！"但他们也明白，人员流动性小会限制一个单位的进步和发展；"人挪活，树挪死"，将位置挪出来，让年轻人上，整个队伍才能更有活力和战斗力。

事后，几人还商量，下盘他们做东，请罗局长吃一次饭。但此后由于工作忙，这顿饭一直没兑现，成了他们永远的遗憾。

第三把火，是完善内部的工作制度。

交通运输局的工作，大抵分为两条线，一条线主抓工程建设，一条线主抓运输安全。长期以来，机关内各科室业务交叉不多。长此以往，全局工作缺少综合能力，工作忙的时候，难免捉襟见肘，效率也打折扣。

罗从兵想了个办法，他将原有的职能重新进行了划分，明确提出要"出门一把抓，回来再分家"。比如，技术人员检查工程质量，如果发现有车辆存在运输安全问题，也要一并处理。为了打破业务上的壁垒，他将人员在短期内进行了岗位轮换，让技术员兼任一些安全工作，安全员也兼做一些党建工作。一番调整后，长期做内务的了解到一线的不易，长期跑现场的也懂得了报送材料的辛苦，业务上也能互相搭个手、帮个忙。

交通运输局的集体活动也多了起来，每隔一两个月，就有党组织活动、工会活动等。罗从兵平时忙，难得和家人吃顿饭，但集体活动却一次不落。他又把在马奈时挂在嘴边的那句话讲给大家听："人在一起叫团聚，心在一块儿才叫团结，我们必须拧成一股绳，连成一条心。"

在他的带动下，金川县交通运输局的队伍面貌一新，工作随时待命，干劲十足，晚上加班到一两点钟是常有的事。

2022年6月9日晚至10日凌晨，阿坝州连续发生11次地震，最高震级6级，全州启动地震二级应急响应。金川县交通运输局全体干部职工连续加班工作，白天去灾害点位现场，晚上回来整理数据，拼了数天，也不见抱怨和疲态。他们说："罗局长虽然不在了，但我们要像罗局长还在的时候那样干！"

罗从兵留下了太多珍贵的、让人难以遗忘的足迹、话语。他也永远活在了大家的心中。

四 刀刃向内的自我革命

如果说，在乡镇工作是"一把抓"，需要面面俱到，那么，在业务部门的交通运输局，不仅要做好管理，更要懂行、懂业务。

到交通运输局后不久，有一次，罗从兵向县委书记朱锐汇报工作，涉及一条公路的初步设计方案，提到一个工程图时，因为相当专业，没能看懂说清。朱锐语重心长地说："就是因为专业，我们更得懂，才不会被糊弄。"罗从兵就此上了心，狠下心来学习交通方面的专业知识。

说起交通，很多人的第一反应就是修路。对修路，罗从兵并不陌生，虽非土木工程专业出身，但在主政乡镇期间，他主导修过不少村道，马尔邦乡独足沟村灾后重建的村道就是其中的一条。

独足沟村是个高半山村，进独足沟村的路沿山涧而上。这条山涧宽不过一两米，从山巅蜿蜒流至山脚，平时流水潺潺，温柔平缓，但若短时间内集中降雨，山涧水位会陡涨，甚至冲出河道，将村道淹没。

2016年汛期，独足沟村就遇到了这样的暴雨天气，山涧水位陡涨了好几米，洪水裹挟着山体、石块汹涌而下。村道被冲毁了，水泥路面被砸烂，露出铺满鹅卵石的路基。罗从兵带着大家抢通村道后，就想方设法争取到项目资金，重建村道。

因为紧邻山涧，以前独足沟村的村道几乎年年都要受灾。那次，罗从兵想给大家修一条用得久的路。

81岁的老党员杨海光当时在村委会做监委工作。为了修路的事，罗从兵每天都到村上来和村民商量路线，讨论建设方案，随时都把杨海光叫上。他对杨海光说："老辈子，你见多识广，又是村干部，这路咋修，你要多给意见哦！"

独足沟村冬季天气冷，不利于修路，罗从兵想赶在当年冬季来临前就把路修好，那段时间，他忙得团团转。

有一次，罗从兵又来村里，身边还跟着个几岁的男娃娃，和他有几分相像。"我儿子！"他乐呵呵地给大家介绍。星期天孩子没上学，在家里又没人照顾，他就带着儿子下乡来了。

到了村上，罗从兵被工作缠住分不开身，孩子就自己满山村跑。正在罗从兵忙碌的时候，一个村民背着孩子跑来："罗书记，你娃儿被狗给咬了！"孩子疼得哇哇大哭。大家围上去一看，孩子腿上一处咬伤，渗着血。眼见这边工作丢不下，罗从兵只能安抚儿子一会儿，让一起下乡的同事带儿子去医院先处理，待到当天的工作处理完后，他才匆匆赶往医院。

正式修路的时候，罗从兵又亲力亲为。路的质量好不好，建筑材料很关键。他带着杨海光，挨个市场跑，比价格，比材质。杨海光看出来了，罗书记对修路也不太懂，但他聪明着呢，货比三家，谈了价格，又问细节，一些门门道道就渐渐琢磨出来了。

在采购建筑材料的过程中，罗从兵从没有一点私心。包都的一家卖砂石的小老板被询价后就跟上了罗从兵一行人，从包都追到马尔邦乡又追到安宁镇，千方百计要请他们吃饭，罗从兵黑着脸，坚决拒绝了。后来砂石是在县城附近一家大批发市场购买的。

村道建成那天，罗从兵搞了一场声势浩大的质量检测活动。质监站专业人员带着设备到场,每隔几米就敲一个洞,采集相关参数,村干部和村民代表们现场监督和观看。"那阵势,我们从来没见过!"时隔数年,杨海光仍怀念又骄傲,"我们独足沟村的路,是高半山村里标准最高的。"

第二年,罗从兵又争取到资金,在山涧河堤上的多个拐角处修建挡墙。一米多高、半米厚的挡墙形成了一道稳固的安全墙,涨水时,汹涌而下的石块和绝大部分洪水被拦住了。从那以后,进出独足沟村的公路再也没被冲毁过。

对一个县来说,村道是交通体系中最基础的部分,如果按照公路等级来划分,往上等级更高的有乡道、县道、省道、国道、高速公路等。公路等级不同,建设标准也不一样,比如,同为省道,也有二级、三级之分,二级宽

罗从兵在一线指挥道路保畅工作

10~12米，三级宽6.5~9.5米；同为三级路，水泥路和沥青路的施工工艺、施工环节也有所不同。

工程建设只是交通运输局的主要工作之一。项目前期工作、交通运输安全、运输服务、交通执法……都需要一定的专业知识储备。

罗从兵迎难而上。中专毕业，在职大专学历，非土木工程专业，又如何？不会就学！

他买来一堆专业书籍，有的放办公室，有的放家里，没事就翻、就学；《四川省乡镇和建制村通客车应知应会手册》《四川省交通运输综合行政执法条例》（2021年10月）等行业文件、规范，刚上新就摆上他的办公桌。

工程测量、技术参数、建设指标……这些枯燥的数据和文字，要理解和记忆并不容易。但罗从兵自有秘诀。有一天中午，他房门紧闭，办公室里却传来大声说话的声音，同事们关切地敲门询问，原来是他拿着一本《农村公路规范条例》在朗读。看着大家关心的眼神，他爽朗地笑了："哎呀，吵到你们午睡了！这个条例里面的内容太专业了，不好记！我师范生出身的嘛，习惯了大声朗读，这样更容易记得住。"

当他去世后，同事收拾他办公室的遗物。他办公桌后的书柜里，在取书最方便、最顺手的第二层，竖在最外面的一本书是由交通运输部政策研究室、交通运输部公路局编著的《"四好农村路"理论与实践》。翻开书本，内页有多处折痕。

交通运输工作有个特性，不到现场不知道公路运行现状，不到现场不知道工程建设进度和质量。罗从兵上任后，开展了密集的调研，日常工作时间不够用，就周末去。从阿坝州的南大门马奈镇，到海拔4000多米、与甘孜州道孚县接壤的俄热乡，他几乎每个节假日都在路上。交通运输局的同事常说："哪个周末罗局长不喊下乡，我们才觉得奇怪了！"

短短两三个月,罗从兵就从门外汉变成了不好糊弄的专业人士。曾达路灾后重建期间,他常去现场督促进度,与他相熟的曾达乡党委书记樊朝勇惊讶地发现,几个月不见,罗从兵已是一口行话,"水稳层""转弯半径"等术语脱口而出。

罗从兵查看罗家河坝桥梁维修情况,叮嘱质量安全

五

乡村振兴的急先锋

罗从兵在交通运输局走马上任后,在召开的第一次全局职工大会上,清晰地表达了自己对交通运输局的定位:"我在乡上工作的时候,大家经常都说'要致富,先修路'。现在脱贫攻坚任务完成了,要奔乡村振兴了,我们交通还是得先行!我表个态,做我们金川发展的'急先锋',决不让乡村振兴的步子慢在路上!"

曾达路灾后重建的如期完成,就是他做"急先锋"的生动例证。

顺大金川河而下,距金川县城48千米处,是曾达乡政府所在地。"曾达"是嘉绒藏语,意为"沟口"。曾达乡的地理环境也名副其实。从与国道248线连接的曾达路,沿四卡沟逆流而上,群山海拔从约2000米逐渐上升到约4500米,全乡5个建制村、19个村民小组、3342人,散居在路边及两侧的高山上。

这里位置偏远,却也得到了大自然丰富的馈赠:在曾达乡的牧场大沟村,有一片坐落于山顶的花海,从6月到9月,杜鹃花、鸢尾花、紫菀花、翠雀、马先蒿、绿绒蒿等高原花卉相继盛开,不同海拔高度上数不清种类的野花,将这里点缀成一座绚丽多彩的天空花园。2017年,云顶花海在网络走红,加上四周群山环绕,溪流纵横,白天可赏花观云海日出,夜晚能赏月观灿烂星空，逐渐成为小众户外探秘和摄影打卡的优选之地。

这两年，云顶花海名气更大了，成为金川旅游的一张亮丽名片，可来的游客却不见增多。进村的路迟迟没有重建好，是一大掣肘。

2019年6月27日，曾达乡突降暴雨，随后造成特大山洪泥石流，约130万立方米的泥石流倾泻而下，垮塌的山体、滚落的石块、冲泻的泥水从山沟里往外喷涌，就像一只张着血盆大口的怪兽，吞噬着沿途的村庄、庄稼、公路……据事后统计，此次山洪泥石流主流长达10千米，支流扩散弥漫共计50千米。

等灾害平息，紧急撤离的村民们回到家时，家园已经面目全非。通村通组公路没有了，院坝里、田地里积满了淤泥和石块，厚的足有一米多深。

挺过百年一遇的特大山洪泥石流后，曾达乡启动灾后重建，25个灾后重建项目总投资近2.2亿元，其中，连接5个村的曾达路是重点。重建的曾达路长11.8千米，宽6米，按通乡油路标准建设，是金川县标准最高的通村路，投资6000多万元。

2020年，曾达路启动重建，但是当地自然灾害频发，在汛期施工一度中断，加上建材供给、施工组织等客观因素影响，至2021年中，公路重建仅完成路基部分，与乡亲们的期待相比，进度十分缓慢。

重建期间，全乡村民从临时通道进出，通道狭窄，仅能供摩托和小型车辆通行，大型重货车无法进出，村民们养的猪、牛，种的花椒、核桃等，只能用小皮卡车运到外面卖。2019年到2021年上半年，生猪价格稳步上涨，曾达乡老百姓的心里痛啊：路没通，小车运输成本高，卖一头猪，光是运费就要多花200元！

罗从兵看在眼里，急在心里。担任交通运输局局长后，他马上找到中标承建曾达路的建设单位，以业主身份提要求。他说："我晓得，这个项目建

曾达乡

云顶花海

设难度不算大,你们之前把部分技术含量不高的土建工程委托给本地的'包工头',也是好意,扶持地方发展嘛!但是他们的实力毕竟有限,而且现在进度已经非常滞后了,再这样拖下去,可不能按期完成建设了!你们有技术有资金有实力,希望你们能派出精兵强将,直接参与建设,保质保量地完工!"

2021年10月,新的施工队伍进场,建设快速推进。罗从兵时不时到施工现场来,看进度,看工艺,看质量,有时悄悄地来,又悄悄地走,有时提前打招呼,召开现场会,共同商量进度推动、征地拆迁等难题。

曾达乡党委书记樊朝勇参加过几次这样的现场会,更是经常接到罗从兵笑称的热线电话。

还在2016年时，樊朝勇和罗从兵同时调职，分别任曾达乡乡长和马尔邦乡党委书记。曾达乡和马尔邦乡一河之隔，是兄弟乡镇，互相来往多，两人很快就像老熟人一般。

在公路建设现场再次相见，樊朝勇打趣道："罗局，你调到县上当领导，坐办公室了，咋还是这么黑哦！"后来他才晓得，罗从兵很少待在办公室，基本都身处交通项目建设一线。

樊朝勇年龄要大几岁，罗从兵就喊他"樊哥"。"樊哥，今天看了下现场，有段路要改下，已经给施工单位说了，麻烦你下来盯紧进度。""樊哥，海子坪那段路要加宽，要占用点宅基地，赔偿的事情拜托你和那户群众先说一下。"……桩桩件件，细致入微。

经过一个冬天的建设，2022年3月，天气回暖，曾达路开始铺设沥青油面。原料从70多千米外的热拌站运来，施工队从位于沟里的尽头处，往外开始铺设。摊铺机缓缓驶过，倒下热气腾腾的沥青混凝土，碾压过去，一层四五十厘米的油面就铺在了路上；后面碾压机紧跟而来，前进，后退，反复碾压，油面越来越紧实、平整。

摊铺现场路面温度高达100多度，稍微靠近，就好像被炙烤一样。但这么热也阻挡不了老百姓围观的热情。他们兴奋地站在路旁，七嘴八舌："嚯！这油面子够厚的，以后车子随便跑，压不坏！""听说这沥青路比水泥路软，就像床垫一样，有点弹性，车子在上头跑，坐起来都要舒服得多。"

黑色的沥青油路铺到了海子坪，眼看只有三四千米就到外面的大马路时，意外出现了。

曾达路建设用的沥青混凝土由设在撒瓦脚乡的热拌站提供，那是金川县唯一的热拌站。沥青混凝土原料需要高温加热，煤焦油是一种重要的原料，金川本地没有，要从外地拉来。

这天，一辆拉煤焦油的货车在快到撒瓦脚乡的热拌站时，发生了侧翻，车上的煤焦油洒得到处都是。撒瓦脚乡的老百姓不乐意了：我们这儿又没修路，热拌站建在这儿，现在倒好，环境被破坏了。他们去县里反映，要求关闭热拌站。

得到消息，罗从兵坐不住了：这热拌站关了，修路的沥青混凝土就要从外县运，运费更高，成本增加不说，运输时间也更长，这样下去，什么时候才能把路修完？他决定去给撒瓦脚乡的老百姓们做做工作，暂缓关闭热拌站。

其他人劝他："有没有原料是施工单位该着急的事，你去插手，反而把事都揽到自己身上了，划不来！"

罗从兵说："这路是给老百姓修的，老百姓的事就是我们的事，没有业主和施工单位的区别。"

罗从兵在协调事故后续救援处理

他们又劝:"这是关乎生态环保的事,不要去拦,真出问题了,还惹得一身腥。"

罗从兵说:"热拌站本身不存在环保问题,接下来把运输安全弄扎实了,不就扎住口子了么?"

他顶着压力,到撒瓦脚乡和乡干部沟通,又召开村民大会,给大家讲:我们金川正在大力修路,以后交通好了,大家种的雪梨、核桃会卖得更好,来旅游的游客也会更多,县上的经济发展了,我们全县人民都会变得更好,对不对?这个热拌站是全县唯一的热拌站,给全县公路——包括曾达路在内的"四好农村路"示范路供货,现在这些路的建设正在关键的时候,希望大家多多理解、支持,再多给一点时间,把这些路修完。

在罗从兵的争取下,热拌站的关闭时间推迟了,曾达路重启建设。

一波未平,一波又起。

4月20日,在铺筑最后一段油面时,一户被占用了土地的老乡,迟迟不愿搬迁,施工不得不再次停下。施工单位久劝无用,无奈之下,电话打到了罗从兵那里。当时已是下午,罗从兵在联系点二嘎里乡蹲点,前一天晚上工作到凌晨3点多才休息。接到电话,他二话没说,喊上驾驶员程德勇:"走,去曾达!"

从海拔3000多米的二嘎里乡下来,从金川北到金川南,两个多小时,罗从兵赶到了现场。他直接找到老乡,半小时后,老乡笑了,同意搬迁:"罗书记,听你的!"

机器重新启动,罗从兵不走了,他又喊来局里的技术人员,在现场盯着建设。这一守,就是大半夜。樊朝勇也来了,两个好哥们就像在产房前等待妻子分娩一样,又激动又紧张。

曾达乡特大山洪泥石流

灾后重建的曾达路

当铺路机压过最后一米油面时,已是4月21日凌晨3点,几人兴奋地开怀大笑。虽是4月,沟口的风还有点凉,但他们的胸中,一团热烘烘的火在熊熊燃烧!

"我们先开车过一道,检验下成果,怎么样?"罗从兵兴奋地提议。"行啊!来!"樊朝勇应道。夜色中,两辆小车从山沟的尽头驶出,11.8千米,10分钟就到了终点。这路啊,开起来,果然平稳又快捷!

樊朝勇特意带来的啤酒成了庆功酒。在沟口,兴奋的几人碰杯对饮,已经很久没喝酒的罗从兵也乐呵着开怀畅饮。

曾达路建成后不到一个月,就成为全县乡村振兴现场会的一个参观点。7月1日,曾达乡举行庆祝中国共产党建党101周年的文艺活动,大家通过曾达路来到大沟村,在云顶花海欢快歌舞,久违的歌声、笑声响彻这座天空花园。

随着崭新的灾后重建路建成,曾达乡的特色花椒产业基地、云顶花海A级国家级景区等正在逐渐形成。生活,翻开了新的篇章。

六
共产党员一诺千金

2021年11月，正当曾达路的建设如火如荼的时候，一封联名信送到了金川县交通运输局和曾达乡党委政府。30多名老百姓联名上书，痛陈被施工方拖欠工程款数百万元达两年之久，迟迟未得到合理解决。信的末尾印着几十名老百姓的红指印。

这封联名信牵出了一桩旧事。

曾达乡坛罐窑村村民黄光玉是按指印的群众之一。2020年，曾达乡基础设施灾后恢复重建工程启动，原来4米宽的曾达路要扩至6米，急需大量挖掘机，施工单位就地租用挖掘机，承诺按市场价支付报酬。黄光玉家有一台挖掘机，他算了笔账：租金按月算，一个月两三万元，请个驾驶员一个月9000元，老板包油，加上磨损费，每月也有挣头。于是，他高高兴兴地和施工单位签了合同。

建设启动后，每天10台挖掘机齐齐开动，小四斗、大型拖车等在工地上进进出出，这些设备绝大多数是租用的。建设确实抓得紧，每天要施工10个小时，虽然辛苦，但人们干劲十足，灾后重建项目嘛，能早点建成是好事。

一开始，挖掘机的租金还能按月兑现。后来，受地质灾害影响，曾达路建设进度趋缓，有段时间还停了工。建设过程中，项目中标单位委托当地的施工队承建，现在修修停停，承建项目的施工队资金实力不够，租金先拖后欠。黄光玉多次找到施工队，讨要无果。施工队说：不是不给，确实现在没钱，先欠到，等公路建完结了账就支付。

2021年10月，全新的施工队进场，人换了，欠账找不到人认领了。这下，黄光玉他们忍不住了。几十名出租机具、出了苦力、卖了建材的苦主集结起来，写了这封长长的联名信，讲述被拖欠工程款的始末，并附上一份长长的欠款明细表。

收到联名信后，罗从兵十分震惊，当即召集局领导班子商讨怎么处理。他说："交通运输局是曾达路灾后重建的业主单位，必须要担起责任来，把工程欠款问题妥妥当当地解决好。"随后，县交通运输局联合曾达乡政府、项目中标单位组成工作组，推进此事。

没多久，一张以工作组名义出具的告示书贴在曾达乡政府醒目处，通知曾达路工程欠款人员两周后在曾达乡政府参会，现场处理解决。

这个消息就像长了翅膀一样，在被拖欠工程款的老百姓中间传播开来。得知消息的第一时间，黄光玉难以置信："这么快就有答复啦？"他专程跑到贴告示处，逐字逐句仔细地读，直到看到告示右下方盖着的鲜红公章，这才相信。

两周后，"农民工工资追缴推进会"在曾达乡政府会议室召开，几十名苦主一早就来了，其中有得知消息后特意从外地赶来的。罗从兵带着工程项目负责人，和大家面对面座谈，了解情况，听取诉求。他斩钉截铁地说："共产党员说话算话！只要我罗从兵在，只要是承诺给你们的钱，一定会兑现！同时，有一说一，欠钱还账，该多少是多少，不能弄虚作假，欺骗乱来！"

听了这番话，大家伙儿放心了。他们说："罗从兵给了承诺就一定会兑现。"

曾达乡遭遇泥石流灾害,罗从兵第一时间参与抢险救灾

一诺千金,罗从兵有太多这样的故事。

曾达乡2019年"6·27"特大山洪泥石流中,与国道248线相连的一座桥成了危桥,灾后重建时新建了曾达桥。曾达桥横跨大金川河,两头分别是曾达乡和马奈镇。即将竣工的时候,工程在位于马奈镇这头的桥头位置卡住了。

原来,一户村民的房子正位于桥头,政府来拆迁,他们喊出了180万的天价拆迁款。住户是一对已过古稀之年的老夫妻,房子也是普通的两层楼,不大,实际价值和要价差距太大,地方政府来做了几次工作,老人家就是不松口。

此时罗从兵已经调到县交通运输局,听说这件事情后,主动来协调。他对马奈镇熟,也懂老年人的心思,他说:"他们不是想要钱,是舍不得这老房子,就像人不愿离开故土一样,得慢慢做工作。"

他上门去沟通。一开始，老人家不给好脸色看，他也不在意，隔几天又乐呵呵上门。连续几次，老爹有点不好意思了，看到他来，主动打招呼。

罗从兵趁机给老爹做思想工作："老辈子，您觉悟高，明事理，这修桥是给大家办好事的嘛，对不对？"

老爹说："道理我都懂，但这房子住了一辈子，确实舍不得走。这桥，就非要从我家房子过？"

罗从兵说："这修桥也要选位置，不是哪都能修的，人家专业人员定了从这儿走，我们就得听啊。"

老爹同意了，可固执的老阿妈还是不肯松口，罗从兵动之以情："老辈子，桥头过去几分钟，就是您家娃办的农家乐。等桥修好了，交通方便，来的人也多了，农家乐生意也会更好，是不是？"老爹也跟着劝。最终，老人家接受了60万元的正常拆迁款。

拆迁款短时间内下不来，而老人家搬迁后要重建房屋，罗从兵就私下找人借了50万元先给二老。他说："老辈子，放心，只要我在，剩下的钱，一定会尽快给到你们！"得知真相后，二老把钱还了回去："罗书记，我们相信你！"

罗从兵就是这样一个言出必行的人。在众人的印象中，他从不轻易许诺，但一旦承诺，是必定要去做到的。他的名气，不仅马奈镇的百姓了解，周边乡镇的很多百姓都听说过，因此，他的承诺往往能够安抚焦躁的群众。

在对被欠款百姓做出承诺后，联合工作组立即在曾达乡灾后重建指挥部设立了民工工资拖欠追缴办公室，派专人入驻，对拖欠的情况进行清理。有没有用工合同、出勤记录、出勤了多少天……根据凭证，现场核实，签字确认。

积极参与曾达乡抢险救灾的罗从兵

半个多月后,第二次现场会又在曾达乡政府召开。罗从兵当场通报了清理核实的263万元欠款,并表态:"欠款将尽快发放到位,一定会让大家过个好年!"听到这话,顶着寒风赶来参会的老乡们,心里暖烘烘的。

200多万元不是小数目,一时半会儿到不了账。那段时间,罗从兵每次到曾达路看现场建设,都会问项目经理进度,他再三叮嘱:"过年不欠债,欠债不过年,尽快把钱落实到位,让老百姓安安心心过个年。"

春节前,腊月二十八,绝大部分欠款到账了。几千的、两三万的,一次性到齐;五六万、七八万、上十万的,先给一部分。2022年3月,剩余的尾款全部到账。

拿到血汗钱的百姓感激不尽,他们商量着制作了一面锦旗,想感谢罗从兵。锦旗做好了,送到交通运输局,罗从兵却不在,下乡去了。终于,等罗从兵来到曾达路现场检查时,他们找到机会,把锦旗送到了罗从兵手上。

这面锦旗,罗从兵悄悄带回办公室,塞到办公柜里。直到他去世后,同事们整理他的遗物,才从柜子深处取出。锦旗裹得严严实实的,鲜红绸面上,两排黄色大字分外醒目:"为民办事关怀备至,为民排忧情深似海。"

七
他的承诺和誓言

全心全意为人民服务是中国共产党的根本宗旨和初心使命，也写进了党章，是让每一位共产党员铭刻于心的承诺和誓言。

可人民是什么？罗从兵的心中，有着自己的答案。

2021年9月，因为创建全省"四好农村路"，夏拉夺基被借调到县交通运输局工作，和他的罗阿哥再次并肩作战。有一次下乡，夏拉夺基开车经过马奈镇时，坐在副驾驶位上的罗从兵突然喊停车。

原来，有几位年迈的老人坐在路边晒太阳，她们是马奈镇的居民，罗从兵在这里任党委书记时就认识。他下了车，和嬢嬢们亲热地打招呼，嘘寒问暖。看到曾经的罗书记，老人家们开心得很，满脸皱纹笑成了花，拉着他的手就不松开了。罗从兵索性坐下来，和老人们一起晒太阳，他掏钱给夏拉夺基："买几瓶饮料来，要加奶的那种！"饮料买来了，他一人一瓶送到嬢嬢手上，又用他独有的方式亲热地捧着老人的脸，挨个在额头上亲了亲，这才挥手告别。

上了车，夏拉夺基问："阿哥，你为啥子要亲她们呢？"罗从兵笑道："我看到她们心里就高兴，就像看到了我的妈妈一样。"他又感慨地说："兄弟，你走到一个地方就要爱一个地方，要爱这个地方的山水和人，啥子都要爱。因为你爱了他们，他们才会爱你；因为你爱了他们，你才会把这个地方当成一个家。"

只有把这个地方当成家，才会全身心投入，才会与群众的心连在一起。罗从兵用行动践行着他的这番感言。

2022年3月，县委根据群众需要，将交通运输局的"两联一进"群众工作全覆盖帮联对象调整为二嘎里乡四甲壁村。

阿坝州是少数民族地区，有藏、羌、回等多个少数民族。为了有效传递党的声音，掌握了解群众的思想动态，做好群众工作，2018年，阿坝州启动"两联一进"群众工作全覆盖工作，号召全州广大党员干部走出机关、沉下身子，进藏寨入羌村、进寺庙入扎康（利用天然石窟及人工，在石崖上开凿而成的简陋的集修行、居住为一体的宗教建筑），与农牧民群众、寺庙僧尼面对面交流、心连心交往，进一步密切党群干群干僧关系。

二嘎里乡是一个高寒的乡镇，最低海拔都是2650米，与罗从兵待了十几年的太阳河乡毗邻。

帮联对象调整后，罗从兵第一时间带着局里的党员干部去走访。在四甲壁村里，他看到一户房子修得挺好，却只有一名年迈的老人居住。"这是村上的'五保户'么？"他问。"不是的。"村干部介绍，老人家有子女，孩子长期在外打工，一年难得回来一次。

罗从兵闻言一阵心酸，他掏出兜里所有的现金，塞到老人手中："你和我妈妈的岁数差不多大，我一天在外头跑，难得回家一次，看到你我就想到自己的妈妈，你就把我当成你的儿子。"

第一次走访后，罗从兵就把自己的电话向群众公开："大家有什么需要，直接给我打电话。"一开始没多少人信。直到有一次，一户村民房屋漏水，他正好是罗从兵联系的农户，村干部得知这个情况后，第一时间给罗从

罗从兵深入二嘎里乡开展"两联一进"工作,与农牧民群众、寺庙僧人面对面交流

兵说了，他立马买了足够的水泥，安排人送到农户家。这以后村民们就知道了："有事情找罗局长。"

5月的一天，大姐罗从秀接到罗从兵的电话，罗从兵向大姐询问仔猪的购买和饲养知识。"咋的，你要改行养猪？"大姐逗趣。

原来，二嘎里乡脱贫摘帽时间不长，发展比较滞后。罗从兵寻思着，得帮助发展产业。交通运输局党组商量决定，由党员带头筹资购买仔猪，送给牧民们养。善于养殖的罗从秀，成了弟弟讨教的对象。

在罗从兵心里，群众的事比天大。

调整帮联对象没多久，因为电站建设，四甲壁村村民产生了情绪。有朋友开玩笑，说罗从兵运气不好。他说："我在太阳河奋战将十几年，那边的人怎么想的我很清楚，把难题交给我，是组织对我的信任。"从联系四甲壁村到不幸去世短短三个多月，他先后五次进村，与群众同吃住，解决问题。

那段时间正值"四好农村路"建设关键期，罗从兵多条线兼顾。五一小长假期间，他每天走访现场，看农村公路建设情况，督促进度，强调质量；5月7日又来到四甲壁村，此后整整八天，白天走访农户、僧人，晚上汇总梳理，研究讨论，每晚都忙到凌晨三四点才休息。高山夜寒，那件穿了十几年的迷彩羽绒服，一直陪伴着他。

因为"四好农村路"建设，副局长何靖宇与罗从兵多次电话沟通，听到他疲倦的声音，何靖宇十分心疼："罗局，我来换你吧，你回来休息下。""你不懂藏语，来做啥子？"罗从兵说，"我就是当地的人，了解他们的想法，又有做群众工作的经验，我在这里最合适。而且，现在正是关键期，不能随便换人来。"

罗从兵调任交通运输局局长后，渐渐地，一种说法流传开来，叫"罗从

罗从兵深入对口联系的二嘎里乡开展基层治理工作

兵速度"。

2021年，卡撒乡在泥石流灾后重建中，准备修一座稳固的卡撒大桥，直接跨过大金川河，通到村子里，让老乡们少绕弯路。卡撒大桥桥墩涉水，如果建成的部分不能赶在汛期前高出水面，到汛期就极可能被洪水冲垮，工期至少延后一年。

卡撒乡和马奈镇毗邻，罗从兵对项目的前因后果非常清楚，他到交通运输局后，强力推动建设。2021年下半年，前期工作赶着完成；2022年农历大年初三，大桥就正式开工。车辆陆续进场，罗从兵喜不自胜，用手机拍下视频，给老战友、已调任县融媒体中心主任的罗小琴发去："'求'融媒体中心关注。"2022年6月，主汛期来临前，卡撒大桥的桥墩已全部建成，即将开始桥面架梁。

2021年6月，就在罗从兵走马上任交通运输局党组书记前，新阿路进沟3千米处发生高危塌方，塌方量5万余立方米，长度470米，宽度6.5米，相关部门紧急清理了塌方确保道路畅通，但山上危险段未彻底处置。这是撒瓦脚乡、阿科里乡4个村2789名群众出行的必经之路，人车过往存在较大隐患。

在交通运输局任职后，罗从兵经常在县委县政府领导和分管县领导面前念叨："这条路的问题不及时处理，人民群众出行怎么办？这条路这么长，白天黑夜时不时还掉石头，到时候伤到老百姓、砸到车子牲畜怎么办？"

为了尽快解决群众的出行难题，罗从兵多方对接联系，向省上、州上要项目，给上级交通运输部门的领导汇报、沟通。他去世时，该路段已完成前期设计工作。

是什么让他对这片土地和人民如此热爱？或许，一段他经常挂在嘴边的话是答案。他说，我是农民的儿子，晓得农民的不容易。

八

逢山开路

罗从兵的办公室挂着一张阿坝州交通地图，聚焦金川，可以看到，一根橙色的粗线条从金川县的正北方向横切而过，从马尔康往西，穿过观音桥镇、二嘎里乡，进入甘孜州壤塘县，再往西而行直奔拉萨。

这是国道317线，在中华人民共和国成立初期，11万筑路军民以"让高山低头，叫河水让路"的英雄气概，突破人类生命禁区，锻造了公路建设史上的奇迹。

这是人类与恶劣自然环境斗争取得的胜利，展现了对发展、对文明的原始渴望。近70年来，这条镌刻在世界屋脊的"天路"，冲破了川藏地区通往繁华世界的天然屏障，犹如一条洁白的哈达，送去文明，送去发展，送去小康。

蜀道难。自古至今，四川的发展就以路的开拓为先，也从不缺乏像建设川藏公路这样荡气回肠的交通故事。罗从兵从小听着这些故事长大，没想到有一天，他也成了故事中的人。

2021年9月，金川县召开会议，县委县政府做出了创建"四好农村路"省级示范县的决定，争取在2022年度评选中获得认定。

"四好农村路"是习近平总书记亲自提出、亲自推动的民生工程、民心工程和德政工程。农村公路是保障农民群众生产生活的基本条件，是农业和农村发展的先导性、基础性设施,是社会主义新农村建设的重要支撑。"十三五"期间,交通运输部、财政部、农业部等国家部委联合启动"四好农村路"示范创建工作,激励全国各地通过争创,把农村公路建好、管好、护好、运营好,逐步消除制约农村发展的交通瓶颈,为广大农民脱贫致富奔小康提供更好的保障。

四川幅员辽阔,又是农业大省,省委省政府高度重视"四好农村路"建设,将农村公路工作纳入一号文件安排部署,以"四好农村路"建设为抓手,推进脱贫攻坚、县域经济发展、农村人居环境改善等工作。全省各市州也掀起创建热潮,形成"省评示范县、市评示范乡镇、县评示范村"的格局和氛围。

截至"十三五"末,四川"四好农村路"国家级示范县全国排名并列第一,全省近半数县级行政区划成功创建省级示范县,其中不乏民族地区的县(市)。

四川"四好农村路"的建设,通达只是基本要求、基础条件,导向是"路+产业""路+旅游",诞生了一批批农村产业路、美丽乡村路,并延伸出农村乡村运输"金通工程",在全国率先打通了农民出行、农产品出村的"最后一公里",为打赢脱贫攻坚战提供了有力支撑。2020年底,农村乡村运输"金通工程"被交通运输部批准,增设为四川交通强国试点任务之一。

在广大农村群众的心中,"四好农村路"就是民心路、致富路。因此,在巩固脱贫攻坚成果、推进乡村振兴的历史关键节点,金川想通过争创示范县,构建完善农村骨干路网,为产业发展提供强力支撑。

争创工作推进得很快。9月7日会议后,金川县委组织相关部门负责人,前往已成功创建省级示范县的壤塘县取经学习,回来后就进入实质性的推动阶段。金川县交通运输局是牵头部门,罗从兵也由此进入前所未有的忙碌期。

沙耳乡沙耳泥村大坪路

县委确定了8条示范路，共计106千米，按照"一路一特色，一路一文化，一路一产业，一路一景观"的标准，率先打造。"四好农村路"有具体的建设指标，许多问题要统筹考虑：这些路的路段怎么定？有没有不能突破的"红线"问题？如何结合产业或旅游体现特色……需要在白纸上画图。

罗从兵有个观点："多在现场，少在会场。"他带头到点位去，到拟规划建设的现场去，搞调研，做规划，定路线……

金川太大，山太多，从县城到远一点的乡镇，看了点位再返回，一天的时间就没了。跑了现场，回到办公室，还得聚在一起开会，讨论规划建设遇到的问题，商量如何解决。

那段时间，"快点！快点！"成了罗从兵的口头禅。他总是说时间不够、搞不赢了，动作要再快点，效率要再高点，工作要再推进点。

为工作方便，罗从兵把自己的办公室分为两半，一半是办公桌和书柜，另一半原本放置了沙发椅，现在改放了一张可围坐七八人的会议桌，忙的时候，就聚在这里开会，可方便地摊开工程图，边看边讨论。很多个晚上，大家就围在他的会议桌旁，送走晚霞，迎来月光。

有一天中午，他难得没下乡，同事敲门来汇报工作，才发现办公室铺了张可折叠行军床，一米多。"罗局长，你家又不远，咋不回去午休呢？躺床上舒服得多嘛！"罗从兵有点不好意思："就眯一会儿，休息个十多二十分钟，要是回屋头去呢，上个楼、下个楼，这时间也就没得喽！"

有时工作晚了，他就睡在这里。有天快凌晨3点了，王志静半夜醒来，发现丈夫还没回家，她担心地给罗从兵打电话。电话被挂断，紧接着，来自罗从兵的微信视频通话请求来了，接通后，王志静才看到，罗从兵还在办公室，灯火通明。

王志静不止一次抱怨："以前在乡镇，你难得回趟家还可以理解；现在调到县城了，还是难得看到你！爸爸妈妈岁数那么大了，你单位到他们那儿就十来分钟的事，你也不抽空去看看。""我是真的很忙啊！"罗从兵逗着妻子开心，"你是我的老婆，最理解我的是不是？"

2022年4月16日，农历三月十六，周六，是罗从兵父亲罗富荣79岁的生日。在当地，有男性长辈过生"做近不做满"的说法，即59岁、69岁、79岁、89岁的时候做大寿，庆祝福寿绵长。那天，罗从兵暂时停下手上的工作，和妻子上门给父亲祝寿。几个月没见到幺儿，罗富荣高兴，拉着罗从兵问他最近修的啥路。母亲王正香开心后又偷偷抹眼泪："我的儿子咋个这么瘦哟，还更黑了！"

农家小院里，岁月静好。那时，谁也没料到，这是罗从兵和父母的最后一面。

足有一面墙大小的2022年金川县交通运输局农村公路管理台账挂在罗从兵办公室，工程项目细化为项目批复、财政评审、用地预审、投资金额、到位资金、施工许可等具体指标，每完成一项填一项。

在他的带动下，交通运输局32名干部职工憋足干劲，短短两个月，拿出了所有示范路的规划方案和设计图，开始挂网招标，在2022年春节前走完了招标流程。

确定三级"路长"，县交通运输规划修订，"四好农村路"相关工作纳入政府绩效考核和财政预算，确定示范乡镇、示范村……一系列内业资料也逐渐完善，所有资料摞在一起，有一尺多高。

前期工作完成，进入了忙碌的建设期。

2022年2月2日，农历大年初二，已经值了两天班的罗从兵召集班子成员开会，商量推进"四好农村路"建设。"时间不等人哪！"他扳着手指头

挂在罗从兵办公室的2022年金川县交通运输局农村公路管理台账

"倒计时":100多千米路,路面铺筑是最后工序,而5月进入汛期,雨水就多起来了,将影响施工进度,得赶在汛期前完成绝大部分工程才行。

春节期间就开工行不行?几位局领导马上打电话,联系中标建设单位,了解准备工作情况,然后现场拍板:大年初五,进场开始施工!

建设拉开后,更得盯进度、盯质量、盯现场。局领导班子每人负责几条路,罗从兵抓总。他一有空就去现场,时间长了,一线施工的工长都和他熟,遇到困难就直接找他。

有一天,罗从兵正在开交通运输局职工大会,电话铃声突然响起来,是庆宁乡至松坪村公路的施工单位负责人来电。原来,这条公路建设要扩宽到6米,有一处占用了部分农用地,施工单位和老乡沟通未果,只得暂时停止施工。

"你们继续开会，我去趟工地。"罗从兵马上站起来。"罗局，你继续主持会议吧，我去现场处理。"副局长说。"我做群众工作还算是有点经验，我去尽快处理了，以免耽误施工。"罗从兵说完，就匆匆忙忙赶赴现场。在他的协调下，老乡很快就同意了协商条件，施工继续。

虽然工期紧，但只要涉及质量问题，这位平时没架子的领导，马上变黑脸包公。

2022年3月，罗从兵去金眉现代农业园区看农村公路建设，经过一个拐弯处，他感觉靠山的挡墙不太对，下车查看，果然宽度和厚度都不够，没有达到技术指标。他当即让工人停工："把你们的负责人喊来！"

现场负责人和施工单位负责人急急赶来后，罗从兵指着挡墙，生气地说："这是加固墙，不是木板板！这样偷工减料，万一雨大点就垮了怎么办？万一路上正好有车、有人经过，怎么办？一旦追责，这就是犯罪！"他盯着让工人马上拆除已建好的部分，重新修建，又给分管这个项目的副局长打电话，说了下情况，让他接下来跟紧这处整改。

临走前，他语重心长地敲警钟："不要存侥幸心理，觉得短一点、薄一点没什么，现在幸好在修的过程中就被我们及时发现了，没有造成大的问题，要是等路通了真的出了问题，后悔就晚了！我们金川拿钱修路不容易，你们要对得起自己的良心，对得起金川这么多父老乡亲！建设必须按照技术指标来，少一厘米都不行。"

在罗从兵强有力的推动下，公路建设又好又快地进行着。罗从兵去世的时候，定点打造的咯尔民俗文化路、梨花红叶路、克尔玛梨园观景路、雪山草地风光路、太阳河谷生态路、金眉产业振兴路、角木牛农耕文化路、松坪摄影文化路等8条"四好农村路"示范项目建成在即；曾达灾后恢复路全线贯通，

"四好农村路"松坪摄影文化路

国道248线、省道451线前期工作有序推进……2022年已落实交通项目15个，总投资近40亿元。金川县交通运输局的同志都说，这些路，是罗局长呕心沥血的结晶。

2022年8月底，金川县的"四好农村路"创建迎来现场验收，四川省第六批"四好农村路"示范县现场考评组走进观音桥镇斯滔村和麦斯卡村、阿科里乡阿科里村、庆宁乡新扎沟口等地，查看道路建设、管理维护、运营运行等。

他们的脚下，黑色油面的农村公路首尾成环、衔接成网，串起了奇美景点，延伸到田间地头，朝气蓬勃的社会主义新农村蓄势待发。

"四好农村路" 咯尔民俗文化路

九

青山埋忠骨

2022年5月16日,一个普通的星期一,没有人想到,这会成为与罗从兵的永诀之日。

早上7点不到,罗从兵被电话铃声惊醒后,就一直在接打电话。妻子王志静准备早饭,隐约听到他在安排工作,不断提到"四好农村路"。半个多小时后,他穿上外出衣服,走到餐厅,端起王志静刚盛出来的一碗豆浆,一口气喝了半碗,说了句"老婆,我走了",就向门口走去。穿鞋的时候,他又停下返回来,掏出100元钱放桌上:"老婆,这个运动鞋穿得我脚痛,帮我买双布鞋回来穿。"

常年在现场、像个"钢铁侠"的罗从兵也会喊脚痛?翻开他去世前半个月的行程,这就是一部行走的札记——

5月1日至5日,五一小长假期间,罗从兵每天都随着县委副书记、县长郭素梅跑现场,看"四好农村路"建设;5月7日,参加县上乡村振兴现场推进会后,随即赶往二嘎里乡四甲壁村,连续开展了一周的基层治理工作,白天走村入户,和群众、僧人面对面交谈,晚上开会座谈,每天忙到凌晨三四点才休息;5月14日,周六,回县城后到办公室处理一周留下的工作;15日,周日,陪同阿坝州交通运输局安全总监检查金川县交通领域安全生产。

半个月时间,他就走遍了大半个金川,怎么可能脚不痛?

5月16日这天,他要与阿坝州交通运输局督导组一起,到金眉现代农业园区实地查看"四好农村路"建设项目。这是一次"四好农村路"示范县创建的初评,金川县极为重视,由副县长王福利带队迎检,交通运输局的7名同志随同。

金眉现代农业园区位于县城北部,紧邻城区,规划涉沙耳乡、咯尔乡、庆宁乡、勒乌镇"三乡一镇"的8个行政村,是以景区标准进行基地和基础设施建设,构建出一、二、三产业紧密结合,高效生态的农业产业示范园区。园区的核心区域,种植有十几万株雪梨树。

雪梨,承载着金川发展的希望。

金川虽地处偏远,但气候宜人,有"阿坝新江南"之称。这里冬暖夏凉,日照长,温差大,非常适宜梨树的生长。从明末清初开始,当地的嘉绒藏族就广泛种植具有高度耐寒性和药用价值的雪梨。经过几百年来的不断生长栽培,金川境内的雪梨种植区沿大金川河畔绵延50余千米,规模达到27平方千米、110余万株,是全世界最大的原生态、高海拔雪梨种植区。每到春天,漫山遍野的梨花绽放,蔚为壮观,金川也被誉为"中国雪梨之乡"。

近年来,金川以梨为核心,围绕沙耳乡、咯尔乡、庆宁乡、勒乌镇"三乡一镇"打造现代农业园,开发梨产业,挖掘梨文化,形成连片互动之势。

金川县的首批"四好农村路"示范路,有好几个项目都位于园区。这些公路怎么规划,如何服务产业,观景点怎么设置,都是罗从兵一手操持的,他对此了如指掌,准备等会儿向督导组介绍。

9点25分,检查组一行来到勒乌镇金马坪(金眉园区)观景台,罗从兵的车在最前面带路。到达点位后,他第一个下车,准备发言,刚走了几步,却没站稳,身子往一边偏,就近靠在了杨荣华肩上。

杨荣华是州交通运输局干部,与罗从兵熟识,见状关切地问:"昨晚是

224

行走的光芒
记基层好干部罗从兵

金川梨花

不是又熬夜了？"罗从兵摇摇头："没事，可能低血糖犯了！"

他想再往前走，但身体却不受控制地往下倒，众人连忙扶住他送到车上。"我休息会儿就好，你们继续。"他摆着手，对县交通运输局副局长何靖宇说，"靖宇，你来介绍情况。"

十几分钟后，检查组准备前往第二个点位，罗从兵的状况仍不见好转，大家劝他："你别跟了，回去吧！"他摇着头，继续陪同。

9点40分到达金马坪蔬菜基地点位时，罗从兵已经无法下车了。见旁边有个小卖部，驾驶员程德勇赶紧去买了袋糖，准备给"低血糖"的罗从兵吃。但回到车上才发现，罗从兵呕吐了。罗从兵关上了车窗，不让别人看见这一幕，直到呕吐完，才摇下一半车窗，回应着急的战友们。

"从兵，你不能再跟了！""罗局，去医院看看吧！"大家劝着他，县质监站站长韩燚林坐上车，准备陪着他去医院。脸色苍白的他摇摇头，示意大家别担心，制止了程德勇开车的动作。

当检查组一行再往下一个点出发时，他虚弱地对程德勇说："跟在后面，继续走。"看着他越来越不好的状态，程德勇猛地咬牙掉头，第一次没有听罗从兵的话，朝着山下直奔而去。

车里，罗从兵又呕吐了。

山路上，汽车飞奔。汽车驶过了金马坪村迎宾大门处，一副崭新的石刻对联分立产业路两侧，上书"油路通村富民党恩深似海，清泉入户福众政策暖如春"；驶过了观景台，田地里雪梨树亭亭玉立，新结的果子挂满枝头，绿叶如织，微风吹过，沙沙作响，仿佛在说"快点、再快点"；驶过了那堵拆了重建的挡墙，驶过了那段拆迁后加宽的路段，驶过了罗从兵留下无数脚印、洒下无数汗水的公路……

10点10分，到了县医院，罗从兵已经进入昏迷状态，立即被送往抢救室

罗从兵在检查勒乌镇磨子沟至角木牛村维修改造项目

抢救。

金川县委书记朱锐得到消息,极度震惊:"昨晚还在汇报工作,怎么今天就病得在医院抢救?"得知医生诊断极有可能是突发心梗时,他一下就落泪了,要求全力救治,并赶往医院,密切关注抢救进展。

接到朱锐的汇报后,四川省人大常委会副主任、阿坝州委书记刘坪当即指示:"不惜一切代价,全力救治!"

王志静也被接来了。电话里她只听说"罗从兵不好了,在医院",到了医院才发现,向来高大坚强的丈夫躺在抢救室,怎么喊都没有一丁点回应。

瘦弱的她咬牙坚持着,强忍着眼泪,守在病床边,一遍遍给丈夫打气:"从兵,你要坚强,一定要挺过这一关!你才答应了儿子,等这阵忙完就去学校看他,你向来说话算话,这次可不能失约了……"

经过三个小时的抢救，罗从兵维持住了基本生命体征，但仍处于昏迷状态。"转至州医院继续抢救！"县医院专家随同，登上救护车，保持治疗状态驶向马尔康。为了节省时间，马尔康的州医院派出专家团队在中途接应，双方一会合，立即加上抢救手段继续治疗。

在州医院，州领导来了，县委领导随同，无数关切的电话打进王志静的手机，大家都盼望着奇迹出现，盼望着他们的好书记、好局长、好同志能再睁开眼，看看他热爱的这片土地和乡亲。

奇迹没有出现。16点19分，罗从兵因突发大面积心梗，抢救无效逝世。他的生命，永远停留在了40岁生日的前夕。

罗从兵去世后的那几天，金川县城阴雨蒙蒙，仿佛老天都在哭泣。

金川县交通运输局的同志们说着说着就流泪了——罗局长来交通局后，

罗从兵在"四好农村路"咯尔民俗文化路项目施工现场

就没见他休息过，他经常说："再累再苦，死也要死在冲锋陷阵第一线！"没想到，一语成谶……

整理罗从兵遗物的时候，同事们发现一篇工作笔记，记录于《四川省"十四五"综合交通运输发展规划》发布后的2021年11月，就其中涉及金川县的部分，罗从兵一一摘录，并做了标注，写下工作思考，"两康"高速、国道248线、"四好农村路"、美丽乡村路等都有涉及。

夏拉夺基悲痛难忍：阿哥说过，等"四好农村路"初评结束，就去成都，向省交通运输厅汇报工作，再争取一些项目。阿哥说，靠地方自筹资金修路很难，要想法多争取点政府扶持资金，多建点交通工程，造福乡亲。

2022年7月，新的《国家公路网规划》经国务院批准印发，在四川的积极争取下，阿坝州马尔康至甘孜州康定高速公路（G0615）纳入国家高速公路网规划。这条连接两州州府的"两康"高速，串起了两州多个旅游点位，形成一条文旅环线，也让马尔康和康定的路程缩短至300千米以内，可3小时通达。位于这条连接线上的金川，有望半小时直达马尔康。

还有一件好事情：11月，四川省第六批"四好农村路"省级示范县名单出炉，阿坝州金川县创建成功！

这两个好消息，定可告慰罗从兵在天之灵。

第四章
Chapter 4

光照故乡

GUANG ZHAO GUXIANG

一场远行

一个为民服务19年的人走了！这个消息无情地撞击着人们的心灵，在川西北的小县城炸开了锅。

太阳河乡麦地沟村党支部书记、"逮猪三人组"的达尔甲不肯接受这个事实："怎么可能！我那个兄弟身体健壮，吃苦耐劳又懂苦中作乐，不可能说走就走！"

就在前不久的一个周末，达尔甲到金川县城办事，走着走着就听到有人大声喊："嘿，猪抓后腿！"这是只有"逮猪三人组"才听得懂的青春暗号。达尔甲哈哈大笑着与罗从兵握手拥抱。罗从兵刚刚下乡回来，相请不如偶遇，两人开心地坐下来叙旧。达尔甲向他介绍了麦地沟村旅游业展现出的新气象，热情邀请他为村子发展当"高参"，当"顾问"，罗从兵爽声答应。

这一幕近在眼前，人怎么说没就没了？

达尔甲用颤抖的手给夏拉夺基打电话求证，电话那头传来沙哑疲惫的哭泣声："没了……让他活过来……我躺下去都要得呀……"

达尔甲呆住了。世界在这一刻仿佛失去了色彩，心中被一块巨石堵得严严实实，他喘着粗气，紧握拳头号啕大哭。

同一时间，多少人在呼唤着罗从兵的名字，等待他奇迹般归来，如同往日一样笑眯眯地出现在大家面前。

水势愈发湍急的大金川河上，卡撒大桥的建设者在等他——罗局长，桥墩抢在洪水来临前完成了浇筑。如今桥面架梁，你放得下心不来看看？

白纳溪村栽种的集体果园里，村民备了一把铁锹在等他——罗书记，你承诺的搬新房、走安全路、不靠天吃饭都实现了。民宿即将修好，你却不能再来，算不算食言？

太阳河畔又逢一年"看花节"，藏族同胞围坐草甸上等他——罗兄弟，当年你动员我们在林下栽种的大黄还在卖钱。没有你在旁边，这丰收怎么甜得起来？

已搬进新房的马奈村孟洪珍老人在家中念叨："我鸡蛋都准备好了，等着你来家中看我呀！"

从来是他扎根基层为我们，我们又为他做了什么？

麦地沟村老支书勒尔乌拭去眼泪，找到在烧达桥头望着汹涌河水一声不吭的达尔甲，两人蹲坐一块儿抽闷烟，连叹"可惜了，可惜了"。

太阳河干部群众欢送罗从兵前往马尔邦工作在烧达桥，勒尔乌最后一次见到罗从兵也是在烧达桥。那天，罗从兵从毛日乡返回，傍晚途经太阳河时，专门与勒尔乌约好在烧达桥碰头。许久未见，罗从兵还用他的热情方式，在勒尔乌的额头亲了一口。

勒尔乌说："罗从兵把我们当亲人，我们把他当兄弟，不能让兄弟走得这么不声不响！"

达尔甲折断手中的树枝，眼泪又止不住唰唰滚落："罗从兵平时只知道工作，他走得这么急，我们要让他走得风风光光！"

金川县殡仪馆外挂起"沉痛悼念罗从兵同志"的挽幅。人们多么希望罗从兵只是累了休息一会儿。看着水晶棺中的丈夫，悲伤至极的王志静几度昏厥。

提及罗从兵，许多太阳河群众忍不住流泪

罗从兵的亲友、同事，观音桥镇、马奈镇的乡亲们，不约而同一个个自发赶来，都想再看看这位好领导、好兄弟、好朋友一眼，再说上一些心里话。

按照当地风俗，对一个人最大的尊敬就是在他去世后为他守灵。他们有些人白天无法离开岗位，晚上跑来守灵，一守就是三个晚上。

马奈镇八角塘村核桃园村民郭远信带着花圈赶来。他原打算自己买一个代表核桃园，但核桃园村民坚决不同意，这个10元、那个20元凑了一堆零钱，那都是对罗从兵的不舍。

白纳溪全村64户群众，除了一户人家外出，来了63户。村支书王德寿喃喃道："当初我们欢送你离开马奈镇，你不让放鞭炮，鞭炮现在还放在我家，现在我又放给哪个？"

太阳河群众为他点酥油灯，一点就是700多盏。勒尔乌告诉他，脱贫攻坚路上你一个群众不落下，现在我们来送你，一样一个都不少。

苍天垂泪，化雨诉悲，5月19日，罗从兵同志遗体告别仪式在县殡仪馆举行。

县委副书记、县长郭素梅主持告别仪式，县委书记朱锐致悼词，这样的规格在金川设县以来还是第一次，金川人民用最高礼仪为罗从兵送别。

朱锐在悼词中回顾了罗从兵短暂一生中为金川改革发展和增进群众福祉做出的贡献。他哽咽着说："因为罗从兵，我们知道了平凡背后藏有伟大。说他平凡，是因为他是金川党员干部中的普通一员；说他伟大，是因为他无私奉献到生命最后一刻，用热血书写了忠诚，用生命践行了誓言，给我们留下了感动，留下了烛照梦想的光芒，更留下了昂然前行的力量。"

朱锐动情地讲道："一个人告别世界，可以如细鸿落雪般悄然无声，也可以如开山裂石般惊天动地。罗从兵同志仰不愧于苍穹，俯不怍于厚土，俯仰之间，把有限的生命，都投入到了无限的为人民服务之中去。我们要化悲痛为力量，学习他坚如磐石的忠诚信仰，对党忠诚、爱岗敬业；学习他舍我其谁的使命担当，兢兢业业、勇挑重担；学习他竭诚为民的赤子情怀，为人谦和、心怀坦荡；学习他重视家庭的仁义慈孝，寸草春晖、舐犊情深。我们要以事业的不断进步、金川的不断发展、人民的幸福安康，告慰罗从兵同志的在天之灵。"

从殡仪馆到墓地，灵车行进沿途，站满了从全县各地赶来的数千名干部群众，人们在晨雨中手捧鲜花、绷紧挽幅，诵唱忧伤的"默吱"……"鞠躬尽瘁，死而后已""从兵书记，马奈人民永远怀念你"的挽联，醒目又催泪。

这样的送别场面，在金川县前所未有！

栉风沐雨十九载，碧血丹心铸忠魂！芷兰青青送君去，傲骨英风永世存。罗从兵同志，一路走好！

一张遗照

为了给罗从兵制作遗像，同事四处找照片，从乡镇到交通运输局，只找到两张标准照。一张是在太阳河工作时拍摄的，20多岁的他，风华正茂；另外一张是在档案中找到的，身穿白衬衣，外搭西装，不过领带没有打正。

第一张太显年轻，第二张对逝者适合。相馆师傅提出，要不要用软件把领带修正一下？同事含着泪说："不，这才是我们的罗阿哥。"

罗从兵过着十分俭朴的生活，除了一两件开会时穿的正装，其他都是旧的。穿了好几年的旧衣服，很多已经泛黄。妻子王志静看不下去，准备把他的旧衣服统统扔掉。罗从兵一把拦住，恳求道："老婆，不能扔，下乡出汗多，再新的衣服早晚会穿旧。"

那些正装还是罗从兵到交通运输局工作后，王志静督促他买的。王志静说："你现在时不时参加县上的活动，在人前露面的机会多，把自己弄伸抖（方言，指穿得整洁、精神抖擞）点嘛！"罗从兵的回答却是："我老婆都有了，操这些闲心干什么。"终于拗不过妻子"拌嘴"，罗从兵被强制带去才把衣服买回来。

即使买了衣服，他还是一路不停"教育"妻子："你对我们这些泥腿子干部理解还不深，我们下乡看到孤寡的老人、得了重病的百姓，心里总想着怎么拉扯他们一把。花几百块钱买这些衣服，好钢没用到刀刃上，亏了！"

在勒乌镇的父母家中,罗从兵的遗像还是用刚到太阳河工作时拍的照片

王志静板着脸瞪他一眼,他这才喜笑颜开地表示:"不亏不亏!来自老婆满满的关怀,我争取多穿几年,穿出价值。"

2022年5月7日,金川县召开乡村振兴现场推进会,罗从兵穿着王志静买的衣服参会去了。现场会有个观摩点位是到马奈镇八角塘村考察乡村旅游基础设施,老战友们见到改头换面的罗从兵,不禁惊呼起来:"没想到我们书记这么帅!"

他们拉着罗从兵躲到一旁合影。严红萍跟他开玩笑:"你以前的照片真是'照骗',骗子的骗,现在才名副其实。"

她说的以前的照片就是罗从兵在太阳河工作时拍摄的证件照,后来被挂到了马尔邦乡、马奈镇的党务政务信息公示栏。罗从兵一心扑在工作上,对自身形象毫不关注,群众也不以形象评价乡镇干部。他一身衣服穿好几天,胡子顾不上刮,头发来不及理,皮肤被太阳晒得黢黑,头发一天天变白。经过公示栏时,同事们看看照片,再看看本人,一个个感叹:"岁月这把杀猪刀,把我们书记摧残成什么样子了!"

像穿得这么正式的时候,还是少见。到县交通运输局工作后,罗从兵"风采"依旧。有次他前往咯尔乡调研交通建设项目,乡上安排一位新来的同志负责拍照,那个愣头青对着罗从兵的同事一阵猛拍。有人实在看不下去了,拉扯衣角提醒他弄错了主角。那位同志一脸诧异:"他穿得不像领导呀!"

其实,罗从兵很少拍照。他与爱人,缺张结婚照;与家人,缺张全家福。

2009年初,罗从兵与王志静喜结连理。那时,想穿上洁白的婚纱拍照,要到距离金川400多千米的成都才能实现。金川也是"5·12"汶川特大地震灾区,当时灾后恢复重建正在紧要关口,罗从兵忙得不可开交。他和王志静在金川街上随意找了一家照相馆,婚纱照背景是合成的,看起来很假。

罗从兵承诺,2022年暑假一定带王志静补拍婚纱照,带儿子忠轩到游乐场好好放飞一下……他从不失信于群众,但对老婆孩子的承诺,成了终生遗憾。

罗从兵殉职前的4月16日,罗家兄弟姊妹聚到一块儿为父亲庆祝生日。大家说人凑齐不容易,吃完饭拍张全家福,哪知罗从兵接到单位电话,饭没吃完就匆匆离去。

这是罗从兵生前与父母最后一次见面。父亲罗富荣在饭桌上对子女们说:"我这辈子最大的愿望就是希望你们有出息、过得好,老三靠自己努力一步一步走到现在,但大家别指望从他那里得到什么好处,关键靠自己奋斗,靠各自小家庭努力。还有一件事,趁我脑子清楚,你们兄弟姊妹商量一下在哪儿给我买块墓地,总有叶落归根那天。"

孰料,白发人送黑发人。

一双布鞋

王志静为罗从兵买的最后一件生活用品是一双布鞋，25元。罗从兵离世那天早上，留下100元现金，嘱托妻子下班买双合脚的布鞋回来，运动鞋穿久了不舒服。

看到百元钞票，王志静有些愣神。她负责照料孩子和公婆，掌管家里的财政大权。两人谈恋爱的时候，他们一起进城逛街，罗从兵在广场上掏出一张皱巴巴的百元面额的钞票硬塞给王志静买东西。他说："我一男的没多大开支，你们女孩子用钱的地方多，等今后宽裕了我会给你更多，我赚一百，至少给你五十。"

布鞋买来，人穿不上了。

夏拉夺基也为罗从兵买过布鞋。那一次，他和罗从兵在二嘎里乡待了整整一周，每天都到群众家里做工作，有时走旱路，有时踩泥泞，鞋子上糊满泥巴。回县城那天，罗从兵在车上对夏拉夺基说："我这双鞋穿不得了，脚掌都在里面打滑，回去帮我买双布鞋，25元那种。"夏拉夺基在街上找了半天，才找到这种价位的鞋。

在人们印象中，罗从兵一直在路上。在太阳河、在马尔邦、在马奈，他走遍这些地方的山山水水，到县交通运输局后，又一个乡镇一个乡镇地看道路、谋项目、促发展，劳保胶鞋、运动鞋、布鞋、皮鞋，还有妈妈身体好时纳的千层底，不知穿烂了多少双。

2021年11月底，大姐罗从秀在家帮父母杀年猪、熏腊肉、做血肠，午饭后碰到弟弟急匆匆赶回家中换鞋。路上积雪化水，他的脚都泡白了。罗从秀自小带着罗从兵长大，姐弟俩感情深厚。许久不见，罗从秀关切地说："老三，给你热一下饭菜，吃了再走。"罗从兵换完鞋袜回答："姐，来不及了，车等着下乡呢！"他从锅里捞起一截冒着热气的血肠，边啃边出了家门。

同在一个县，一家人却聚少离多。

根据五兄妹商议的结果，父亲罗富荣、母亲王正香在罗从兵那儿养老。2008年汶川特大地震后，罗从兵拿出辛苦积攒的几万元钱，在县城所在的勒乌镇为父母买了一座平房小院。房子年久失修、漏风漏雨，父母又用过去养猪、种花椒卖的钱对房子修补一番，还在二层加盖了几间彩钢瓦房，用作罗从兵的婚房。

罗从兵殉职后，马奈镇马奈村党支部书记张国珍来看望罗从兵父母，才知道他家里的状况，"住房条件还不如我们村农民"。

婚后几年，罗从兵与王志静在县城按揭购买了一套住房，距离父母的住所只需步行十几分钟。虽然当时的出发点是方便照顾父母，而实际上这些年反而是父母在帮助他照顾家庭。

2010年，他们有了一个活泼可爱的儿子，罗从兵给他取名为罗忠轩，寄托了"忠诚""气宇轩昂"的祝愿。罗富荣、王正香从孙儿四个月大开始，接过重任，将襁褓中的孙儿喂养长大。直到罗忠轩上幼儿园，王志静调到距离县城不远的咯尔乡中心校，母子这才有了真正在一起的生活，而不是周末陪伴。

罗从兵最惬意的时光，是在不出公差的节假日午后，搬出一张行军床大

勒乌镇金扶路旁边就是罗从兵父母居住的家，2022年3月罗从兵带队对这条遭受泥石流的道路进行灾后重建，即使离家咫尺，罗从兵也没能进家门看望父母

小的木板，铺在父母院子里的葡萄架下，就着暖阳，看着儿子玩耍，不知不觉睡个好觉。

罗从兵不会开车，他向驾校交了学费却没时间学。为方便接送孩子读书，生性胆小的王志静不得不亲自出马学开车。王志静考取驾照后，罗从兵"奖励"她一辆二手捷达。

罗从兵的时间去哪儿了？在乡镇，住乡住村；到交通运输局，下乡下村。严红萍统计过，在马尔邦、马奈工作整整五年，罗从兵有四个春节在值班。

2018年春节，妻子王志静生病在成都住院，父母罗富荣、王正香在勒乌镇家中，儿子罗忠轩寄宿在安宁乡的大姑罗从秀家，罗从兵在马尔邦值班，一家人在本该团圆的节日里分居四处。罗从兵愧疚地对王志静说："老婆，坚持一下，我请妹妹来照顾你，我忙完就来陪你，给你做好吃的。"视频电话中，罗从兵的眼泪也在眼眶里打转。

罗从兵对同事讲：我们这儿挂职交流干部多，家在外地的干部多，我们周末还能回家看看，他们却是要等到长假才有机会，本地干部该不该主动值班？而罗从兵值班的时候，他基本都让干部职工回去与家人团聚。

有时，罗富荣几个月见不到儿子，打去电话一阵"数落"："你都到县上工作了，怎么还见不到人？你一个人把活路干完了？"罗从兵耐心听完，仔细向老人家解释："各有各的分工，他们也很忙，我要是不上心，出了问题怎么办？"老人听见儿子声音里的疲惫，一下子变得轻声细语："好嘛，你说得对！我们老两口儿也就是想你了，你干好你的活，家里支持。"

有父母、妻子的理解，才有罗从兵的轻装上阵、步履如飞。

四
一生荣耀

罗从兵殉职后,县委书记朱锐专程来到罗家看望慰问老人。他握着罗富荣的手说:"感谢你们为党和人民培养了一个好儿子,家里有什么困难和要求,组织上一定想办法解决。"

罗富荣流泪回答:"党为培养罗从兵花了大量心血,罗从兵这些年的工作没有辜负党,也对得起社员(群众)。我们没什么要求,他是公家的人,就是再也不能给公家做事了……"

看到那么多干部群众自发为罗从兵送别,罗从兵的父母、妻子感到宽慰。罗富荣说:"我儿子活时尽职尽责,死后这么多人追念,他这一生有价值,没虚度。"

罗从兵的搭档罗小琴被中华全国总工会授予"全国五一巾帼标兵"荣誉称号,荣获四川省五一劳动奖章;白纳溪村第一书记谢茹君获评四川全省脱贫攻坚"五个一"驻村帮扶先进个人;严红萍获评金川县精准扶贫优秀个人。

每当推选先进,淡泊名利的罗从兵一向是躲在荣誉背后的那个人。他在马尔邦乡、马奈镇干了五年,五次年底考核,他都主动放弃评优资格。同事持不同意见:"你才是最优秀的那个,为什么放弃?"罗从兵说:"我是党委书记,组织已经给予我充分肯定,获得荣誉更有利于激励你们成长。"

金川被誉为"中国雪梨之乡"。罗从兵曾说，做人就要像梨花那样纯洁得一尘不染。就是这样一个纯净纯粹的人，广大干部群众给予他"俯下身做牛、站起来当伞"的高度评价。

2022年7月11日，《四川日报》以《金色山川赤诚的红》为题，在头版头条报道他的事迹，并配发评论《在平凡的岗位上书写忠诚》。

何为初心？何为使命？何为担当？罗从兵同志用日日夜夜的拼搏给出答案，在平凡的岗位上甘于奉献，把党的事业当作矢志不渝的追求，以忘我的情怀满足人民的期盼，用热血燃烧出理想信念的熊熊之光。

罗从兵同志身上体现的艰苦奋斗、价值追求和开拓进取的力量，来自为理想信念、国家利益、人民幸福不懈奋斗的事业。革命理想高于天，风雨浸

金川县交通运输局党务公开栏上，罗从兵的照片依旧在

衣骨更硬。理想信念之火一经点燃，就永远不会熄灭，就会迸发出"平常时候看得出来、关键时刻站得出来、危难关头豁得出来"的强大力量。

让我们把对罗从兵同志的追思缅怀转化为砥砺前行的不懈动力，勠力同心、勇往直前，让奋斗的精神在巴蜀大地上不断传承、发扬光大，让我们的事业在持续努力中创造辉煌、绽放光芒！

罗从兵殉职后，他的家乡人民以各种方式传颂他的事迹、纪念他的贡献、学习他的精神。当地青年诗人冯旭为他写了一首小诗：

若我归来，
赶上夏绿秋红，
我想去看太阳河的黄昏与星河，
与夏拉夺基喝上一口青稞酿的酒，
和甲特泽让妹妹一起奔跑在新修的大路，
比一比谁的400米最快，
和150多位家人围坐在开满格桑花的草坪。
说好的我不哭，花也不哭，
在杜鹃花丛的浓郁中，
找个无人处摘下帽子，
让她们看看我在日晒雨淋下黝黑的脸，
是不是一样可爱。
……

永远活在人民心中，这是罗从兵一生的荣耀。罗从兵并未远去，党中央一声号令，千千万万像他一样的基层干部，奋战在乡村振兴的广阔天地。

罗从兵生前的办公桌上，放着一本翻旧了的党章。翻看党章，仿佛回响着共产党人的铮铮誓言——

"我志愿加入中国共产党，拥护党的纲领，遵守党的章程，履行党员义务，执行党的决定，严守党的纪律，保守党的秘密，对党忠诚，积极工作，为共产主义奋斗终身，随时准备为党和人民牺牲一切，永不叛党。"

2022年9月，罗从兵获评"四川好人"荣誉称号；11月初，他的名字出现在2022年第四季度"中国好人榜"四川候选人公示名单；在州县各级举行的罗从兵同志先进典型事迹报告会上，人们聆听着他的故事，无不热泪盈眶、感慨万千。

为表彰先进、弘扬正气，激励引导广大党员干部对标先进、见贤思齐，2022年11月底，中共四川省委决定，追授罗从兵同志"四川省优秀共产党员"称号。

省委要求全省广大党员干部以罗从兵同志为榜样，学习他对党忠诚、信念坚定的政治品格，牢记宗旨、无私奉献的为民情怀，攻坚克难、拼搏进取的担当精神，克己奉公、清正廉洁的道德品行，勇做走在时代前列的奋斗者、开拓者、奉献者，全力以赴拼经济、搞建设，为推动新时代治蜀兴川再上新台阶、开创全面建设社会主义现代化四川新局面做出新的更大贡献。

巍巍青山，滔滔沫水，罗从兵的事迹和精神在巴蜀大地传唱……

金川梨花

 后 记

从初夏到仲秋，罗从兵这个名字和他的故事，始终萦绕在我们心头。这是我们职业生涯中第一次如此深入地了解一个人。

我们写过很多影响深远的新闻人物：盲眼书记贾正方、"最牛校长"叶志平、海归科学家潘锦功、大医范天勇、导游李云芳、乐山市公路局系统扶贫英雄群体……但报告文学毕竟与新闻报道不同，对我们来说，这是一次不小的挑战——统筹好报告性与文学性的挑战。

真实是新闻的生命。我们在本书创作过程中，同样把真实放在第一位，哪怕为此付出更多的精力和时间——出于职业习惯，我们尽可能广泛而深入

地进行采访，融入罗从兵的工作生活环境中开展生命体验，试图用实地考察见闻和不同讲述的相互印证，强化真实叙事，丰满作品形象，提升文学色彩，尽量多做创新、少留遗憾。

一个人的成长、成才是在极其复杂的社会大系统中进行的，有偶然性，有戏剧性，有冲突性，也有必然性。出生在金川这片红色热土上，罗从兵血脉里流淌着浓厚的红色血液，耳濡目染英雄事迹，躬身践行为民初心，他养成了勤劳善良、吃苦耐劳、忠诚朴厚、幽默豁达、坚韧不拔的鲜明性格。罗从兵一生都沐浴着党的民族政策的光辉和雨露。作为贫困地区的乡镇"一把手"，他深度参与了全面建成小康社会的历史进程，新时代赋予他强烈的历史使命感和现实责任感。四川近年来推动经济社会高质量发展，为他施展抱负提供了广阔舞台；一大批扎根乡村、担当作为、甘于奉献的基层干部，让他与良师益友为伴，一路跋涉不孤。我们刻画罗从兵，也在书写这个大时代，描摹这个大时代孕养的基层干部群众群像。

感谢我们供职的四川日报社大力支持我们的采访和创作，在各方面予以悉心指导和条件保障。感谢四川教育出版社领导班子策划了这个意蕴丰厚的现实主义题材报告文学选题，并组建经验丰富的编辑团队负责本书的编辑出版工作，正是他们的出色工作和辛勤付出，使得本书得以顺利出版。特别感谢四川省委宣传部、阿坝州委宣传部、金川县委宣传部，时时给予我们鞭策和鼓舞、支持和帮助。

本书创作期间，四川先后遭遇高温干旱、疫情反弹、地震灾害等多重困难挑战。干工作就是和困难做斗争，在这一特殊形势下，学习脚踏实地、苦干实干的身边榜样，凸显出更重要的现实意义。罗从兵同志先进事迹正在省州县各级广泛宣讲，我们希望此书能够带给人们更多启发和激励。

2022年11月

庆宁乡至松坪村公路

金川秋色